KB042864

을 유 세 계 문 학 전 집 · 130

꿈의 연극

꿈의 연극

ETT DRÖMSPEL

아우구스트 스트린드베리 지음 · 홍재웅 옮김

을유문화사

옮긴이 홍재웅

스웨덴 스톡홀름대학교에서 스트린드베리 연구로 박사 학위를 취득했으며 현재 한국외국어대학교 스칸디나비아어학과 교수로 재직 중이다. 스웨덴, 노르웨이, 덴마크 문학의 번역 작업과 연극 공연 작업 등 북유럽의 문화를 소개하는 다양한 일에 매진하며, 북유럽과 한국 사이의 외교적 유대 관계를 돈독히 하는 데도 힘을 보태고 있다. 저서로 『Creating Theatrical Dreams』 『유럽과의 문화 교류를 위한 연극제 자료조사 I, II, III』, 역서로 『나의 형제들에게 전화를 거네』 『빨간 리본』 『몬테코어』 『3부작』 등이 있다.

을유세계문학전집 130

꿈의 연극

발행일·2023년 12월 5일 초판 1쇄
지은이·아우구스트 스트린드베리 | 옮긴이·홍재웅
펴낸이·정무영, 정상준 | 펴낸곳·(주)을유문화사
창립일·1945년 12월 1일 | 주소·서울시 마포구 서교동 469-48
전화·02-733-8153 | FAX·02-732-9154 | 홈페이지·www.eulyoo.co.kr
ISBN 978-89-324-0524-7 04850   978-89-324-0330-4(세트)

차례

미스 줄리

서문

　연극이란 일반 예술과 마찬가지로 필사본이나 인쇄된 글을 읽지 못하는 사람들을 위해서 그림으로 구성된 성서, 즉 『빈자의 성서(*Biblia Pauperum*)』같은 것이라고 오래전부터 생각해 왔다. 극작가란 평신도로서 설교를 하는 사람처럼 그 시대의 사상을 통속적인 형식을 통해 전달하는 사람으로, 극장을 주로 찾는 중산층의 사람들이 머리를 많이 쓰지 않고도 그것에 대한 문제가 무엇인지 이해할 수 있도록 해 주기 때문에 매우 인기가 많은 편이라고 여겨진다.

　그래서 극장은 항상 젊은 사람들과 교육을 제대로 받지 못한 사람들을 위한 학교였다. 이런 부류의 사람들은 대개 자기를 속이고, 속임을 당하는 능력, 즉 말하자면 환상을 받아들이고 작가의 암시를 감내하는 낮은 능력밖에 지니고 있지 않았다. 따라서 환상을 통해서 생겨나는 유치하고 불완전한 생각이 성찰, 조사, 검토로 발전하고 있는 우리 시대에 있어서 연극은 마치 종교처럼 그것의 필수 조건인 향유를 잃어버린 사멸해 가는 형식으로 서서히 침몰해 가고 있는 것 같다.

현재 유럽 전체를 지배하고 있는 일관된 연극의 위기와 무엇보다도 시대의 위대한 사상가를 배출시킨 영국과 독일 같은 문화 국가에서도, 대부분의 아름다운 예술과 마찬가지로 희곡이 몰락해 버렸다는 사실은 이러한 가정을 뒷받침한다. 사정이 이러한데도 다른 국가들에서는 낡은 형식에 새로운 시대의 내용을 담아냈다고 해서 색다른 희곡을 창조해 냈다고 믿는 사람들이 있다. 그러나 한편으로는 이와 같이 새로운 생각들이 대중화될 수 있는 시간을 여전히 확보하지 못해서 관객들이 그것에 관한 문제가 무엇이었는지 사려 깊이 이해할 수 있는 기회를 얻지 못했다. 다른 한편으로는 파쟁(派爭)으로 인해 마음만 상하는 바람에 인상적인 즐거움을 느낄 수 있는 가능성이 전혀 없었다. 그러다 보니 마음속으로는 반감을 가지게 되었고, 극장 객석에서 할 수 있는 공공연한 표현 방법으로 박수를 치거나 휘파람을 부는 다수의 관객은 이를 짓누르는 연습을 해야 했다. 또 다른 한편으로는 새로운 내용을 새로운 형식에 담아내지 못함으로써 결국 새 술이 낡은 병을 박살 내는 꼴이 되고 말았다.

이 희곡에서 나는 어떤 새로운 것을 만들어 내려고 했던 것이 아니라—왜냐하면 불가능했기 때문에—다만 이 시대 사람들이 이러한 예술에서 기대했을 거라고 내가 생각했던 요구들을 충족시킬 형식을 현대화하려고 했다. 나는 오늘날 파쟁밖에 없다고 여겨질 수 있는 모티프를 하나 선택했다고나 할까, 어쨌든 그 모티프에 사로잡히게 되었다. 신분 상승과 하락, 높은 자와 낮은 자, 선한 자와 악한 자, 남성과 여성에 관한 문제는 지속적인 관심을 불러일으켰으며 앞으로도 계속 그러할 것이기 때문이다. 내가 실제 삶에서 이 모티프를 취했을 때는 이미 그러한 동기에 대해 몇 년 전에 회자되던 것을 들은 상태였으며 당시의 그 사건은 내게 강렬한 인상을 심어 주었다. 비극의 이 테마는 수년 전에 사람들에게서 들었던 실제 사건에서 얻어 왔다. 내가 이 사건에서 강한 인상을 받았을 때, 나는 거기에 비극에 적합한 부분이 있음을 발견하였다. 운이 좋아 행복을 타고났던 사람이 몰락해 가는 것을 보는 일은 친척이 몰사해 버리는 것보다 여전히 더 비극적인 인상을 주기 때문이다. 하지만 우리들이 아주 성숙해지고, 문명화되어 삶에서 빚어지는 미숙하고 냉소적이며 무자비한 비극을 태연하게 바라볼 수 있는 시대가 오게 된다면, 우리는 감정이라고 부르는 비천하고 신뢰할 수 없는 마인드 머신에 좌우될 것이다. 그것은 우리들의 판단 기관이 발달하면 모두 쓸모없고 유해한 것들에 불과하다. 여주인공이 연민을 불러일으키는 것은 같은 운명이 우리에게도 엄습해 오지 않을까 하는 두려움에 맞설 수 없는 우리의 나약함에서 비롯된다. 그렇지만 감성이 매우 예민한 관객은 어쩌면 그러한 연민에 만족하지 않을지도 모른다. 믿음으로 충만한, 전도가 유망한 사람은 악을 치유할 수 있는 무언가 긍정적인 제안, 그러니까 바구어 말하자면 프로그램의 일부를 요구할 수도 있다. 하지만 무엇보다도 절대적인 악이라는 것은 존재하지 않는다. 왜냐하면 일가(一家)가 몰락하는 것은 올라서려고 하는 다른 일가에게는 행복이다. 행복은 단순히 상대적인 것에 불과하기 때문에, 상승과 하락의 교체는 인생의 최대 즐거움 가운데 하나다. 맹금류가 비둘기를 잡아먹고 새벼룩이 맹금류를 먹어치우는 단조로운 상황을 개선하려는 프로그래머에게 나는 질문을 하나 던지고 싶다. 그게 무슨 도움이 될까? 삶은 아주 수학적이지도 않고 아주 바보스러운 것도 아니어서 큰 것만이 작은 것을 잡아먹는 게 아니라 벌이 사자를 죽이거나 적어도 미쳐 버리게 만드는 일도 자주 발생한다.

나의 비극이 많은 사람에게 비참한 인상을 준다고 하는데 그건 온전히 그 사람들의 잘못이다. 우리가 최초의 프랑스 혁명가들처럼 강해질 때 불치의 병을 앓고 있던 사람이 죽어 가는 모습을 보고 오히려 긍정할 수밖에 없는 것과 마찬가지다. 똑같이 생장할 권리를 지닌 다른 수목들을 위해서, 길에 너무나 오랫동안 심어져 있던 부패하고 노쇠한 나무를 국가 소유 임야에서 솎아 내는 것을 보고 있으면 무조건 흐뭇하고 기쁜 인상을 받을 것이다!

최근에 나의 비극 「아버지」를 너무나 비참하다고 비난을 해 대는데, 그것은 마치 비극을 즐겁게 만들라고 요구하는 것과 똑같은 말이다. 한쪽에서는 생의 즐거움을 요구한다며 목청을 높여 댄다. 극장 감독들은 마치 생의 즐거움은 바보 같은 것에 있고 무도병이나 백치병에 걸려 있는 듯한 인간들을 묘사해야 한다는 듯이 마냥 소극을 써 대라고 주문한다. 하지만 내가 볼 때 인생의 즐거움은 격렬하고 잔혹한 투쟁 속에서 찾을 수 있으며, 무언가를 알게 되고 배우는 과정에서 진정한 즐거움을 만끽할 수 있다. 그래서 나는 극적인 상황이긴 하지만 교훈적이고, 한마디로 말해서 예상 밖의 일이지만 통칙임을 입증해 줄 수 있는 커다란 예외를 선택하게 되었다. 어쩌면 이것은 진부한 것을 무척 좋아하는 사람들에게 마음의 상처를 줄지도 모를 일이다. 머리가 단순한 사람들은 내가 부여한 행위의 동기가 단순하지 않다는 것과 관점이 하나만이 아니라는 사실에 맞닥뜨리게 될 것이다. 이 인생의 사건은—이것은 상당히 새로운 발견이다!—일반적으로 다소 깊이 가라앉아 있던 일련의 동기들로부터 야기된 것이다. 하지만 대부분의 관객은 판단상 가장 이해하기 쉬운 것을 선택하거나 판단력에 비추어 가장 매력적인 것을 선택하려고 할 것이다. 여기에서는 자살 사건이 일어난다. 그러면 시민은 "잘못된 만남이야!"라고 말하고, 여성들은 "불행한 사랑이야!"라고 말하며, 환자는 "육체적인 질병 때문이야!"라고 말하고, 난파당한 사람은 "산산이 부서진 희망!"이라고 말할 것이다. 그러한 동기는 도처에 깔려 있거나 어디에도 없는 경우 역시 발생할 수 있다. 오히려 고인은 자신의 기억 속에 가장 멋졌던 날들처럼 전혀 다른 것을 전면에 내세워서 중요한 동기를 숨겨 버릴지도 모른다!

나는 미스 줄리의 슬픈 운명을 수많은 상황 속에서 동기화

하였다. 어머니의 원초적인 본능, 아버지의 맞지 않는 딸 교육, 자기 자신의 천성, 열등하고 퇴보해 버린 머리를 지닌 약혼자에 대한 암시들이 그것이다. 그리고 나아가 좀 더 가까이 들여다보면 하지절의 축제 분위기, 아버지의 부재, 그녀의 월경, 동물 길들이기, 춤의 자극적인 영향, 밤의 어스름, 꽃의 강한 최음적인 영향, 마지막으로 골방에 두 사람이 함께 들어가게 된 우연과 성적으로 흥분한 남성의 대담함이 보인다.

그러므로 나는 한쪽에 치우쳐서 생리적으로만 처리하지 않았으며, 심리적인 면에서 편집광적으로 다루지도 않았다. 물려받은 유전적인 것을 탓하지도 않았고, 여성의 월경이나 오로지 '부도덕성'만의 잘못으로 책임을 전가하지도 않았다. 또한 도덕만을 설교하지도 않았다! 도덕과 관련해서는 목사의 부족으로 인한 부분을 그냥 식모*에게 맡겼다.

나는 이러한 동기의 다양성이 바로 이 시대에 부응하는 것이라고 자화자찬하고 싶다. 만약 나보다 먼저 한 사람이 있다면, 모든 발견이 그렇듯이 역설적으로 나 혼자만이 아니었다는 사실에 대해 높이 평가할 것이다.

성격 묘사에 관해서는 아래와 같은 원칙으로 나는 모든 인물을 꽤 '별 특징이 없게' 만들었다. 그 이유는 다음과 같다.

성격이라는 어휘는 옛날부터 지금까지 시간이 흐르면서 다양한 의미를 지니게 되었다. 그것은 본래 심적 콤플렉스에서 기본적인 특징 가운데 지배적인 것을 의미했는데, 기질과 혼동하기도 하였다. 그다음에 비개성적인 것(기계적인 것)에 대한 중산층의 표현이 되었다. 그래서 끝으로 한 번 더 말하자면 자신의 본성에 머물거나 삶에서 어떠한 역할에 적응해 버린 개인은 한마디로 성장하기를 멈춘 것이며, 이를 성격이라고 부르는 것이다. 발전 상태에 있는 자, 즉 뱃머리를 바람 불어오는 쪽으로 다시 돌리기 위해서 단단히 고정한 범각삭(아딧줄)을 사용하지 않아 광풍에 쓰러져 버리는 인생의 항로에서 능숙한 항해자는 특징이 없다. 물론 이것은 경멸적인 의미이지만, 이러한 인물을 포착하고, 알아차리고, 주의를 기울이기란 매우 힘들다. 정신의 부동성에 관한 중산층의 개념은 그들이 항상 지배해 왔던 무대로 옮겨졌다. 거기에서 하나의 성격은 만반의 준비를 하고 한결같이 술에 취해 있거나, 해학적이거나, 비참한 모습으로 등장했던 신사의 유형이 되었다. 특징을 보이기 위해서는 오로지 기형적으로 구부러진 발이나, 목발을 하거나, 빨간 코를 하는 식으로 육체적인 결함을 부여하거나, 당사자로 하여금 계속해서 "이거 엄청 멋진데!", "바키스는 기꺼이*", 아니면 이와 유사한 표현을 되풀이하면 충분하다. 이렇게 사람들을 단편적으로 보는 방법은 몰리에르에게도 여전히 남아 있다. 알파공*은 탐욕스럽다. 비록 알파공이 수전노인 동시에 탁월한 자본가일지라도, 훌륭한 아버지이며, 선량한 시민이다. 더 나쁜 것은 그의 '결점'이 그에게서 상속받을 배우자와 딸에게는 매우 유리하다는 것이며, 그러므로 그를 비난해서는 안 되고 그들이 침대에 들어가는 것은 조금 기다려도 된다는 것이다. 그래서 나는 연극에서 단순한 성격을 믿지 않는다. 풍부한 심적 콤플렉스가 어떠한지, '악덕'에도 뒷면이 존재하며 이것은 미덕과 매우 유사하다는 것을 잘 알고 있는 자연주의자들은 사람들에 대한 작가의 개략적인 판단—멍청하다, 잔인하다, 질투심이 강하다, 인색하다 등등—을 기피하는 것이 좋다.

나는 나의 인물들을 과도기에 살고 있으며, 적어도 이전의 인물보다는 더 급격하고 히스테릭한 현대적인 성격으로서, 보다 동요하고 엉망이 되어 버린, 그리고 낡은 것과 새로운 것의 혼합물로 그려 냈다. 또한 신문과 담화를 통해서 현대적인 이념이 하인들이 살고 있는 공간까지 침투해 내려간 것도 그리 이상하다고 생각하지 않는다.

나의 정신(성격)은 과거의 문화 수준과 현행의 문화 수준, 책과 신문에서 취한 이야기들, 인간의 여러 가지 예들, 너덜너덜해진 나들이옷에서 찢겨 나온 천 쪼가리들을 모두 포함하고 있는 집합체로, 정신은 완전히 들쭉날쭉하게 맞물려 있다. 그리고 그 외에 약자로 하여금 강자에게서 말을 도용해서 따라 하게 하고, 정신들로 하여금 '이념들', 즉 암시라고 불리는 것들을 서로에게서 가져오게끔 함으로써, 나는 약간의 유래사(由來史)를 보여 주었다.

미스 줄리는 현대적인 인물로 남성 혐오자가 아닌 사람처럼 보일지도 모른다. 새삼 그녀를 지금 발견한 것이 아니라 이러한 인물은 어느 시대나 존재해 왔으며, 이목이 쏠리게 하여 요란하게 논쟁하게 만드는 인물이다. 이 같은 유형은 곤란을 무릅쓰고 밀고 나가거나, 전에는 돈을 위해서 그랬던 것처럼, 권력, 훈장, 영예, 학위 등을 위해 자신을 파는데 이는 퇴보를 의미한다. 영속적이지 못하기 때문에 좋은 종류의 사람은 아니지만, 유감스럽게도 자신의 불행을 다음 세대에게 유전시킨다. 퇴보한 남자들은 때때로 무의식적으로 그들을 선택함으로써, 이런 유형이 더 늘어나며, 삶으로 고통받는 불확실한 성이 태어나지만, 현실과의 부조화나 억압된 욕망의 억제되지 않는 분출로 다행스럽게도 파국을 맞게 된다. 이러한 유형의 인물은 자연에 대해 절망적인 투쟁의 극을 보이기도 하고, 행복만을 추구하는 최근 자연주의에 의해서 남용되고 있다는 면에서 비극적이다. 행복은 강하고 우수한 종에 해당되는 개념이다.

그렇지만 미스 줄리는 새로운 유전자와 함께 명석한 두뇌를 가진 귀족을 위해 이제는 뒷전으로 밀려나는 낡아빠진 전쟁 귀족의 유물에 지나지 않는다. 가족 안에서 분란의 요소로 여겨졌던 어머니의 '죄'로 인한 부조화의 희생에 불과하며, 시대의 오류들, 상황들, 그녀 자신의 잘못된 체질로 인한 희생이다. 이 모든 것은 과거의 운명이나 우주의 법칙과 동일하다고 말할 수 있다. 자연주의자는 신과 함께 죄라는 관념을 지워버렸지만, 그러한 행위의 결과들, 그러니까 처벌이나 감금 또는 공포는 면책을 허용하든지 안 하든지 그저 간단한 이유로 인해 그대로 남아 있기 때문에 떨쳐 낼 수 없다. 모욕당한 사람들은 너무나 온화해서 아웃사이더라고 해서 특별히 더 모욕을 받는 게 아니어서 오히려 그것이 너무나 좋은 상일 수 있다. 비록 꼭 필요한 이유로 어쩔 수 없이 복수를 그만두었다고 하더라도, 딸은 이 희곡에서처럼 선천적이든 혹은 후천적이든 귀족 계급의 유산으로서 얻게 된 이러한 명예와 감정 때문에 스스로에게 복수를 감행하려고 했던 것이다. 그러면 이는 어디에서 온 것인가? 야만인에게서나 혹은 아리안 선조에게서나 아니면 중세의 기사도에서 생겨난 것이며, 매우 아름답기는 하지만 종을 유지하는 데는 더 이상 이롭지 않으며 죽음에 이르게 하는 치명적인 것이다. 이것은 타인이 그를 모욕했을 때 그에게 자신의 배를 갈라 보이는 일본인의 내적 양심과 같은 귀족의 할복이라고 할 수 있다. 즉, 이것은 옛날의 결투를 수정하여 지속시켜 온 것으로, 귀족의 특권이기도 하다. 그래서 하인 장은 살아남지만 미스 줄리는 명예를 회복하지 않고는 살아갈 수가 없다. 치명적일 수 있는 명예에 관한 선입견을 지니지 않은 노예에게는 기사를 뛰어넘는 이점이 있다. 우리들 모두에게는 불명예스러운 행위로 인해 명예를 잃고만 자살자에게 동정의 마음을 갖게 만드는 귀족 같은 면이나 돈키호테 같은 면이 약간씩 있다. 그렇다, 비록 죽은 자가 명예를 회복하려고 매우 명예스러운 행위들을 함으로써 보상을 해 준다 할지라도, 우리는 위대하게 죽은 자가 누워서 시체의 악취를 풍기고 있는 모습을 보는 것에 고통을 받는 귀족일지 모른다. 남자 하인 장은 종을 만들어 내는 자이며, 그에게서 우리는 분화해 가는 과정을 추적한다. 그는 가난한 소작농의 자식이었는데, 이제는 신사로 탈바꿈할 수 있을 정도로 교육을 잘 받았다. 그는 무엇이든 이해가 빠른 사람이며, 훌륭하게 발달된 감각(후각, 미각, 시각)을 소유한 자로 심미안을 가지고 있기도 하다. 그는 이미 출세를 한 터라 다른 사람들의 직위를 이용하는 데 있어 상처를 입지 않을 정도로 충분히 강했다. 그는 두려워서 도망치려고 하던 단계를 훌쩍 뛰어넘었으며, 그가 경멸하던 자신의 주변 사람들에게는 이미 낯선 존재였다. 반면에 동료 하인들은 그의 비밀을 알고 있으며, 의도가 무엇인지 냄새를 맡을 수 있었다. 그들은 그가 잘되는 것을 질투의 눈으로 바라보며, 그의 몰락을 학수고대하였다. 이로 인해 그의 이중적이며 결정화되지 않은 성격이 상류계급에 대한 동정심과 거기에 속한 사람들에 대한 증오 사이에서 동요하는 것이다. 그는 스스로 말한 것처럼 귀족이며, 상류사회의 비밀을 배웠으나 우아하지만 상스러운 아랫것에 불과하다. 그는 연미복을 어떻게 입는지는 알고 있지만 그 아래 감추어진 그의 몸이 깨끗하다는 것을 우리에게 보장할 수는 없다는 사실을 잘 알고 있다.

그는 미스 줄리에 대해서는 존중하는 한편, 그의 위험한 비밀들을 잘 알고 있는 크리스틴을 두려워한다. 그는 밤의 사건들이 자신이 계획한 미래에 개입하여 방해하지 못하도록 할 만큼 충분히 냉정하다. 노예의 잔인성과 독재자의 냉담함을 가지고 있기 때문에 그는 피를 보고도 전혀 기절하지 않으며, 불행을 당해도 오히려 그 불행을 떨쳐 버린다. 그래서 그는 전투에서 아무런 상처를 입지 않은 채 살아 나오며 결국에는 어쩌면 호텔 주인이 될지도 모른다. 만약 그가 루마니아 백작이 되지 못한다면 그의 아들이 대학생이 되어 국세 체납자의 재산 차압을 집행하는 관리(재판관)가 될지도 모른다.

장은 무엇이 진실인지보다는 그에게 무엇이 더 이로운지에 맞춰 말하기 때문에, 여간해서는 드러내지 않는 진실을 드러내놓고 말할 때, 그가 밑에서 보는 하층계급의 인생관에 관해서 추가로 전달하는 정보들은 상당히 중요하다. 미스 줄리가 하층계급의 사람들은 모두 위로부터의 압력을 너무 고통스럽게 여긴다고 추측하는 바를 드러내자, 장은 동정심을 얻어낼 의도로 당연히 그 말에 동의한다. 하지만 자신과 다수의 하층민과는 차이를 두는 편이 이익이라고 깨닫자 곧바로 자신의 말을 수정한다.

이제 장이 상승하고 있다는 사실과는 별개로, 그는 자신이 남자라는 단순한 사실을 가지고, 미스 줄리에 대해 우위에 서려 한다. 자신의 남성적인 힘, 훌륭하게 발달된 감각과 주도권을 장악하는 능력 덕분에 그는 성적으로 귀족이다. 그의 예속 감정은 대부분 그가 살고 있는 우연한 사회적 환경 속에서 발생하며, 그가 하인 제복을 벗어던져 버리면 아마도 그것을 떨쳐 버릴 수 있을지 모른다.

노예근성은 백작(부츠)과 그의 종교적인 미신에 대한 경의 표시에서 분명히 나타나 있다. 하지만 그는 백작을 사회적 지위를 소유한 사람으로서 존경하는 것이고, 그리로 올라서기 위해 무던히 애를 쓴다. 그가 집에 있는 백작의 딸을 얻고 아름다운 외모가 얼마나 공허한지 보았을 때조차도 이러한 외경심은 여전히 그대로 남아 있다.

애정 관계 같은 것은 '보다 고귀한' 의미에서 볼 때, 전혀 동등하지 않은 사회적 지위를 가진 두 영혼 사이에는 그 어떠한 연애 관계도 생겨날 수 없다고 생각된다. 그래서 나는 미스 줄리의 행동에 변명 거리를 주기 위해서 또한 죄책감에서 그녀를 해방시키기 위해서 미스 줄리로 하여금 사랑에 빠졌다는 상상을 하게 만들었다. 장에게는 그가 그녀와 사랑에 빠질 수 있으며, 이를 통하여 자신의 사회적 신분을 높일 수 있다는 상상을 하게끔 했다. 내 생각에 이러한 사랑은 마치 강한 꽃을 피우기 위해서는 먼저 암흑 속에 뿌리를 내리고 있어야 하는 히아신스와 같은 양상으로 설명할 수 있을 것 같다. 히아신스는 발아하고 개화하여 단번에 씨앗을 맺은 다음 금방 시들어 버리기 때문이다.

마지막으로 크리스틴은 독립적인 데라고는 전혀 없고, 게으르고, 화로 앞에 꼭 붙어 있고, 마치 그녀의 가면이며 속죄양과 같은 방식으로, 도덕과 종교를 신봉하는 여자 하인이다. 그녀는 자신의 좀도둑질한 죄를 쉽고 가뿐하게 예수님께 덜어 내고 새로이 순결함을 재충전하기 위해서 교회에 간다. 그 외에도 그녀는 조연이며 내가 「아버지」에서 목사와 의사를 등장시켰던 것처럼, 그녀를 의도적으로 조명했다. 반면에 나는 시골 목사와 지역 의사가 대부분 그러한 것처럼, 평범한 사람으로 보이길 원했다. 나의 조연 인물들은 다소 추상적으로 보일 수 있을지 모르겠는데, 이것은 평범한 사람들이 자신의 일을 실제로 수행하는 데 있어서 다소 추상적인 데서 기인한다. 다시 말해서, 비독립적이라는 것은 직무 수행의 한쪽 면만을 보이는 것이며, 관객들이 다양한 각도에서 그들을 바라볼 필요성을 맛보지 못하는 한 나의 추상적 묘사는 어쩌면 정확한 것이다.

대사와 관련해서는, 나의 인물들이 재치 있는 답변을 얻어내기 위해 그냥 앉아서 교리문답 교사가 우문을 던지는 것처럼 행동하는 것을 피함으로써 이제까지 이어져 오던 전통적인 부분을 좀 깨뜨렸다. 프랑스에서 선호하는 균형 잡히고 수학적으로 구성된 대사를 피했고, 대화에서 주제가 완전히 고갈되는 것이 아니라, 현실에서 그러는 것처럼 톱니바퀴가 서로 맞물리듯이 하나의 생각이 다른 생각으로 꼬리를 물고 이어져 그들의 뇌가 불규칙적으로 작용하도록 하였다. 결과적으로 음악 작곡에서의 주제처럼 각색하고, 다루어지고, 반복되어지고, 확장되고, 덧붙여진 자료가 포함된 장면들이 시작되면서 대화도 종잡을 수 없을 정도로 무질서한 말들로 이루어진다.

플롯은 그런대로 마음에 들긴 하는데, 실제로는 두 사람에게 국한된 것으로, 단지 조연인 요리사만 끌어들이는 것 정도에 그치고, 아버지의 불행한 영혼이 극 전체를 맴돌면서 배후에 위치하도록 했다. 이렇게 한 이유는 새로운 시대의 현대인들에게 가장 흥미로운 것이 심리적인 과정이라고 믿었기 때문이다. 지식욕에 불타는 우리 영혼들은 단지 무슨 일이 일어났는지를 보는 것에 만족하는 것이 아니라, 그것이 왜 발생했는지를 알고자 한다! 우린 (꼭두각시를 조종하는) 줄을 보고 싶어하며, 기계나 바닥이 이중으로 된 상자를 살펴보고, 접합 부분을 찾아내기 위해서 마법의 반지를 만져 보거나 어떻게 표시를 해 두었는지 찾아내기 위해서 카드를 면밀히 조사하고 싶어 한다.

나는 동시대 문학 가운데 나를 가장 매료시켰던 공쿠르 형제의 사실주의 소설에 크게 주목했다.

구성상의 기술과 관련해서 나는 막의 구분을 없애 버리려고 했다. 쇠퇴해 가는 우리의 환각 능력이 막간으로 인해 방해받을 가능성이 있다는 사실을 믿기 때문에 그렇게 한 것이다. 본래 막간은 관객들로 하여금 곰곰이 생각해 보고 그것을 통해서 작가라는 최면술사의 유혹적인 영향에서 벗어나지 않을까 하는 생각에서 나온 것이다. 내 작품은 대략 한 시간 반 정도 소요될 텐데 강연이나 설교 또는 의회에서의 토론을 듣는다고 했을 때 비슷하거나 약간 더 긴 정도여서, 연극이라면 한 시간 반 동안 관객이 피곤해하지 않을 것이라고 생각했다. 나는 1872년에 나의 첫 번째 습작 희곡 가운데 하나인, 「추방자」에서 이미 이러한 농축된 형식을 시도했었지만, 크게 성공을 이루지는 못했다. 그것은 5막으로 쓰인 작품이었는데 완성하고 나자, 작품 효과가 얼마나 불완전하고 어수선한지 그만 나는 그 희곡을 불태워 버렸다. 대신 그 잿더미 속에서 50페이지 분량으로 인쇄된, 상연 시간은 한 시간밖에 안 걸리는 1막 길이의 잘 통합된 작품을 만들어 냈다. 형식 면에서 크게 새로운 것은 아니지만, 그런데도 현시점에서는 나의 특허라 할 수 있으며, 아마도 사람들의 취향이 변화해 감에 따라 현시대에 적응하게 될 것이다―내가 궁극적으로 바라는 바는 관객들이 교육을 잘 받아서, 막간 없이 단 하나의 막 동안, 극장에서 저녁 공연 내내 싫증 없이 앉아 있으면 하는 것이다. 그렇게 하기 위해서는 먼저 내용 조사가 요구된다. 반면에 관객들로 하여금 환상에서 벗어나지 않고, 관객과 배우에게 짧은 휴식 시간을 제공하기 위해서 나는 세 가지의 예술 형태를 선택했는데, 엄밀히 전부 희곡에 속한다. 즉 모놀로그, 팬터마임, 그리고 발레가 그것이다. 본래 이것들은 고대 비극과 관련이 있는데, 당시 독창곡(모노디)이 오늘날에는 모놀로그가 되었으며, 코러스가 발레로 변화한 것이다.

　모놀로그는 현실과는 상반되는 것으로 우리 사실주의자들에게는 요즈음 혐오의 대상이지만, 만약 내가 그것에 올바른 동기를 부여한다면 오히려 장점으로 활용할 수 있을지 모른다. 화자가 자신의 방에서 혼자 거닐면서 큰 목소리로 자신의 대사를 크게 읽는 것은 배우가 자신의 역할 부분을 큰 소리로 연습한다거나, 하녀가 자신의 고양이와 이야기한다거나, 어머니가 자신의 아이와 떠듬떠듬 말한다거나, 늙은 가정부가 앵무새에게 짹짹 소리를 지른다거나, 잠자는 사람이 잠꼬대를 한다든가 하는 것처럼 극히 자연스러운 것이다. 그리고 한 번 배우에게 독립적인 작업을 하기 위한 기회를 주고 작가의 지시봉으로부터 잠깐만이라도 자유롭게 해 주기 위해서는 모놀로그가 명확히 행해져서는 안 되고, 암시만으로 그치는 편이 제일 좋다. 왜냐하면 꿈속에서 말하는 것이나, 앵무새나 고양이한테 말하는 것, 이러한 모든 것들이 플롯에 큰 영향을 주지 않는 까닭에, 분위기와 상황에 익숙해 있는 재능 있는 배우는 작가보다 훨씬 더 즉흥적으로 할 수 있다. 작가는 관객의 환상을 파괴하지 않고 유지하기 위해 어느 정도 양의 대사를 해야 하는지, 어느 정도 시간의 대사가 필요한지 미리 계산할 수 없다.

알다시피 몇몇 장면에서 이탈리아 연극은 즉흥적인 공연으로 되돌아 가는데, 그럼으로써 작가의 계획에 따라 그들 스스로 창조적인 배우를 만들어 낸다. 이것이야말로 진일보했거나 새롭게 발전된 예술 장르일 수 있는데, 우리는 이것을 창조적인 예술이라고 부를 수 있다.

그러한 예술에서는 모놀로그가 비사실적일 수도 있어서 나는 팬터마임에 의존하게 되었으며, 배우들에게 창조할 수 있는 더 많은 자유를 제공함으로써 독자적인 인정을 받게 되었다. 하지만 나는 관객에게 너무 많은 것을 요구하지 않도록 하지절 민속춤에서 영감을 받은 민속음악을 사용케 하였으며, 대사가 없는 극이 진행되는 가운데에서도 상상력을 발휘할 수 있게 했다. 대중적인 오페레타나 춤곡 또는 토속적이고 민요적인 음색으로 너무 동떨어진 분위기를 자아내지 않도록, 음악 감독에게 음악을 선택하는 데 있어 신중한 선택을 해 달라고 부탁한다. 군중 장면은 항상 잘못 연출되어 익살 광대꾼들이 기지 있는 척하는 기회로 이용하려는 바람에 오히려 환상이 깨져 버렸다. 이로 인해 내가 삽입한 발레는 이른바 군중 장면으로 대체될 수는 없었을 것이다. 보통 사람들은 사악함을 즉흥적으로 연기하지 않고, 이중의 의미로 받아들일 수 있는 이미 준비되어 있는 자료를 이용하기 때문에, 나는 풍자 가요를 새로이 작곡하지 않고, 스톡홀름 지역에 손수 기록해 놓았던 덜 유명한 무용곡을 취했다. 그 가사는 어느 정도 들어맞는 편이고 정확히 일치하는 것은 아니지만, 노예의 간교함은 직접적인 공격을 허용하지 않기 때문에 그것 역시 나의 의도에 따른 것이다. 따라서 심각한 플롯에서 익살꾼이 아무 말이나 막 던지는 것은 아니며, 친척의 관에 뚜껑을 덮고 못을 박는 엄숙한 상황에서 막돼먹은 조소를 보내는 것도 아니다.

무대배경과 관련해서 나는 인상주의 회화에서 차용한 비대칭적 균형과 순간 포착의 암시(전부라기보다는 일부)를 보여 주려고 하였는데, 이를 통해서 환상을 창조하는데 성공했다는 생각이 든다. 왜냐하면 그럼으로써 방 안 전체나 가구를 전부 보지 않고도, 상상하는 기회를 제공하기 때문이다. 다시 말해서 관객의 상상력을 움직이게 하여 자신의 그림을 완성하게 만들기 때문이다. 또한 무대의 문들은 천으로 만들어져 있어서 아주 미세한 터치에도 펄럭거린다. 심지어 기분 나쁜 만찬을 끝낸 후 밖으로 나가면서 문을 세게 닫아 버리자, "집 안 전체가 흔들린다"라고 하는 장면(극장에서는 간단하게 문이 흔들리면 된다)에서는 몹시 화가 난 가정부의 분노를 표현하는 것조차 불가능하기 때문에, 문으로 퇴장하는 피곤한 장면들을 삭제해 버렸으며 이로써 더 편해졌다.

등장인물들로 하여금 환경에 익숙해지도록 하고 무대 장식의 화려함과 같은 전통을 끊어 버리기 위해서 나는 단 하나의 무대 장식을 가능한 한 유지하려고 하였다. 하나의 무대 장식만을 사용하면, 오히려 더 개연성을 부여해 줄 수 있다. 불을 뿜어 대는 화산과 폭포를 만들 수 있는 아무리 숙련된 화가라 할지라도 방처럼 비슷하게 보일 수 있는 공간을 만드는 것은 참으로 어려운 일이다. 벽은 직물로 만들어도 상관없지만 그 직물에 선반과 부엌 살림들을 그려 넣는 것은 이제 그만두어야 할 때인 것 같다. 이제까지 우리 스스로 믿으려고 하는 틀에 박힌 것들을 무대에서 너무 많이 사용했는데, 그려 놓은 냄비를 믿으려고 과도하게 애를 쓰는 일은 이제 좀 피하는 편이 낫다.

배우들이 테이블에 앉아서 서로를 마주 보고 연기할 때, 정면을 보면서도 얼굴 측면이 보일 수 있게 하기 위해서 무대 뒷벽을 비스듬하게 세우고 테이블도 비스듬하게 배치하였다. 나는 오페라 「아이다」에서 관객으로 하여금 보이지 않는 원경을 볼 수 있도록 비스듬하게 배치된 배경막을 보았는데, 이는 단순히 똑바르게 배치하는 것에 질려서 이에 반대하려는 마음에서 생겨난 것이 아니다.

또 다른 시도로 매우 획기적인 것은 각광(풋라이트)을 제거했다는 점이다. 아래에서 비추는 이 조명은 배우의 얼굴을 더 살쪄 보이게 할 요량으로 제공한다. 그렇지만 묻고 싶은 게 있다. 왜 모든 배우의 얼굴이 뚱뚱해 보여야 하는가? 얼굴 하반부의, 무엇보다도 뛰어날 정도로 아름다운 턱 부위의 모양을 빼앗아 버리고, 코 모양을 왜곡시키며, 눈 위의 그림자를 도드라지게 하려는 것인가? 그렇지 않다고 할지라도, 한 가지는 확실하다. 각광이 눈의 망막을 비추게 되면 (물에 비친 태양을 보게 되는 선원을 제외하고는) 배우의 눈에 고통을 주어 시선의 효과적인 표현 연기를 잃게 할 수 있다. 이렇게 되면 객석의 좌우 부분이나 객석의 발코니 부분(최상층 관람석)을 쳐다보게 되는 것 외에 다른 눈 연기를 해내기가 거의 불가능하고, 눈의 흰자위만 보일 뿐이다. 특히 여배우들 가운데 피곤해서 속눈썹을 깜빡거리는 습관도 같은 원인에서 나온 것일지도 모른다. 그리고 무대에서 누군가 눈으로 의사를 전달하려고 할 때 관객을 향해 똑바로 쳐다봐야 하는 최악의 해결책밖에 다른 도리가 없으며, 그 때문에 배우는 극의 틀 밖에 있는 관객들과 직접적인 접촉으로 그들과 관계를 맺고 마는데, 옳든 그르든 간에 일명 "지인에게 인사"라고 부르는 이것은 얼마나 나쁜 습관인가!

측면으로부터의 강한 조명(반사경이나, 그와 유사한 장치)으로 충분히 배우에게 얼굴의 가장 큰 수단이라고 할 수 있는 표정을 강화하는 눈 연기와 같은 새로운 원천을 제공할 수 있지 않겠는가?

관객을 위해서 연기하는 배우에게는 이를 가능하게 만드는 몇 가지 환상들이 있지만, 비록 희망 사항일지라도, 내게는 겨우 있을까 말까 하다. 중요한 장면이 전개되는 동안 내내 배우의 등을 보게 될 거라고는 추호도 생각하지 않지만, 내가 열렬히 바라는 바는 결정적인 장면들에서는 그들이 박수를 받을 요량으로 프롬프터 박스 옆에서 이중창처럼 읊는 것이 아니라, 극적 상황이 요구하는 특정된 지점에서 연기했으면 했다. 그러므로 제4의 벽을 제거한 방에 무대를 설정하는 것이기 때문에 혁명적인 변화가 아니라 단지 약간의 수정 정도라고 할 수 있다. 따라서 일부 가구를 객석을 향해 등을 돌려놓는다면, 사실적인 효과를 얻으려고 하는 이런 중차대한 시기에, 당분간은 혼란을 초래할지도 모른다는 생각이 든다.

이제 분장에 대한 이야기를 하고 싶은데, 극 중의 역할이 아닌, 진실보다 아름다움을 좇는 배우들의 말을 경청하고 싶은 마음은 조금도 없다. 그러나 배우라면 분장할 때 추상적인 캐릭터로 분장하는 것이 가면처럼 고정되어질 자신의 얼굴에 유리한지 아닌지를 심사숙고할 수 있어야 한다. 손가락으로 검댕을 묻혀서 자신의 미간 사이에 나쁜 성질을 보여 주는 선을 그리려는 늙은 남자 배우를 한번 떠올려 보라. 그리고 그가 이

험악한 표정을 계속해서 지니고 있는데, 대사를 하면서 미소를 지어야 하는 상황이 있다고 가정해 보라. 이 얼마나 끔찍한 결과일까? 그리고 마치 당구공처럼 매끄럽게 늙은 남자의 이마를 잘못 분장했는데, 이 노인이 정말로 화가 났을 때, 어떻게 찡그릴 수 있겠는가?

현대 심리극에서 미묘한 반응은 몸동작과 왁자지껄한 소리보다는 오히려 얼굴에 투영되어 나타난다. 이를 위해 실험적으로 배우가 분장을 하지 않았거나 아니면 적어도 마지막에 언급된 최소한으로 분장을 하고, 작은 무대에서 측면으로부터 강한 빛을 받게 하는 것이 제일 좋을 거라 확신한다.

집중에 방해가 되는 등잔불과 함께 보이는 오케스트라를 제거하고 관객을 향해 얼굴을 돌릴 수 있다면, 1층 정면 일등석을 높여서 (극장 등에서 관객과 무대를 연결하는 방해물이 없는) 관객의 시선이 배우의 무릎 위로 올라갈 수 있다. 이로써 킥킥거리며 식사하는 사람들과 다 식어 버린 식사를 조금씩 먹고 있는 사람들이 앉아 있는 측면부 관객석(특히 질색인데)을 없앨 수 있으며, 공연이 진행되는 동안 관객석을 완전히 어둡게 할 수 있다. 무엇보다도 가장 중요한 것은 작은 무대와 작은 관객석으로 아마도 새로운 드라마가 나타날지도 모르며, 적어도 다시 한 번 연극은 교육받은 사람들을 위한 즐거운 장소가 될지도 모른다. 그러한 연극을 기다리는 동안에 일련의 희곡을 써서 계속 쌓아 두고, 필요할 때 그것을 미래의 레퍼토리로 준비하려 한다.

한 번 나는 시도해 보았다! 만약 이것이 실패한다면, 그때가 다시 시도할 때일 것이다!

등장인물

미스 줄리, 25세
장, 하인, 30세
크리스틴, 요리사, 35세
연극의 무대는 백작의 부엌, 하지절 전야이다.

커다란 부엌, 부엌의 천장과 측면의 벽들이 휘장과 커튼으로 가리어져 있다. 무대 배경막은 왼쪽에서부터 안쪽으로 그리고 위를 향해 비스듬히 기울어져 있다. 배경막 바로 왼쪽 부분에는 구리 그릇, 청동 그릇, 주석 그릇으로 채워진 두 단의 선반이 있다. 선반 안쪽은 물결 문양의 종이로 장식되어 있다. 오른쪽에는 유리문 두 짝으로 만든 커다란 아치형 출구의 4분의 3 정도가 눈에 들어오고, 그 유리문을 통해 아이 모습을 한 사랑의 신 큐피드가 있는 분수, 개화한 라일락 덤불, 싹을 틔운 수양버들이 보인다.

무대 왼쪽에는 타일을 붙인 커다란 레인지 모서리에 (여성용) 외투 자락이 걸쳐 있다.

오른쪽에는 의자 몇 개와 함께 백송 원목으로 만든 식솔들의 식탁 한쪽 끝이 앞으로 튀어나와 있다.

레인지는 자작나무 잎사귀 무늬가 장식되어 있고, 바닥에는 노간주나무가 흩어져 있다.

식탁 끝에는 일본식 큰 양념통에 활짝 핀 라일락 꽃이 꽂혀 있다.

냉장고 하나, 싱크대 하나, 세면대 하나.

문 위편에는 옛날식의 큰 호출 벨이 달려 있고 그 왼쪽에는 소리를 흘려보내는 전성관이 있다.

크리스틴이 레인지 곁에 서서 프라이팬에 무언가를 굽고 있다. 그녀는 면으로 된 밝은 색 드레스를 입고 있으며 앞치마를 두르고 있다. 제복을 입은 장이 박차가 달린 커다란 승마화를 한 켤레 들고 들어와서 보이는 곳에 그것을 밀어 놓는다.

장   오늘 밤 줄리 아가씨가 또 미쳐 버렸어, 완전히 미쳤어!

크리스틴   아, 이제야 오셨어?

장   백작님을 역까지 모셔다 드리고 돌아오는 길에 헛간을 지나가다가 춤이나 출까 싶어서 들어갔어. 근데 줄리 아가씨가 사냥터 관리인이랑 춤을 추고 계시는 거야. 자기가 리드하면서! 근데 날 보자마자 막 달려들더니 왈츠를 추자면서 나한테 여자 역할을 맡기는 거야. 아가씨가 추는 왈츠는 또 어떻고! 그런 춤은 듣도 보도 못 했어. 완전히 미쳤다니까!

크리스틴   늘 그랬잖아. 뭐 파혼하고 최근 이 주 동안이랑은 절대 비교가 안 되긴 하지만.

장   맞아, 대체 어떻게 된 거야? 부자는 아니었지만 어쨌든 괜찮은 친구였잖아. 뭐 귀족들 변덕이 엄청나긴 하지. (식탁 끝부분에 앉으며) 어쨌든 아가씨는 이상하단 말이야. 그런 젊은 여자가 아버지랑 친척들한테 가느니 하인들이랑 집에 머물겠다니. 그것도 하지절에?

크리스틴 약혼자랑 그렇게 난리를 떨고 쪽팔렸을 수도 있지.

장 그럴 수도. 어쨌든 그 약혼자도 어떻게 스스로를 지킬 수 있는지 알고 있었어. 무슨 일 있었는지 알지, 크리스틴? 내가 봤거든. 사람들한테 말 안 하려고 조심하긴 했는데.

크리스틴 난 몰라. 아무한테도 말 안 했어?

장 안 했어. 어느 밤인가 둘이 마구간 아래쪽에 있었어. 근데 줄리 아가씨가 그 친구를 훈련시키고 있는 거야. 자기 입으로 그렇게 말했어. 어떻게 했는지 알아? 개한테 뛰어넘는 걸 가르치는 것처럼 약혼자한테 채찍을 넘게 하는 거야. 그 친구가 두어 번 뛰었는데 채찍에 걸렸어. 근데 세 번째 차례에 아가씨 손에서 채찍을 뺏더니 갈기갈기 찢어 버리고 나가 버리더라고.

크리스틴 그렇게 된 거였다고? 말도 안 돼, 설마!

장 그랬다니까, 진짜. 근데 크리스틴, 지금 나를 위해 하고 있는 이 맛있는 건 뭘까?

크리스틴 (프라이팬에서 꺼내 장에게 놓으며) 송아지 스테이크에서 잘라 낸 콩팥!

장 (음식 냄새를 맡으며) 멋져! *délice(이렇게 황홀할 수가)*! (접시를 만져 보며) 접시도 데웠으면 좋았겠지만.

크리스틴 아주 한번 시작하면, 백작님보다 까다롭다니까. (그의 머리를 애정 어리게 잡아당긴다.)

장 (화를 내며) 하지 마, 내 머리 망치지 말라고! 내가 예민한
거 알잖아.

크리스틴 알았어, 알았어, 사랑하니까 그러는 거 알면서.

장이 음식을 먹는다. 크리스틴이 병맥주의 마개를 딴다.

장 맥주? 이 하지절 전야에? 고맙지만 사양하겠어! 그것보다
더 근사한 게 있지. (식탁 서랍을 열고는 금색으로 봉랍한 부
르고뉴 적포도주 한 병을 꺼내며) 봐, 금딱지야. 최상품! 잔
하나 줘 봐! 물론 와인잔으로, 이런 *pur*(순수한) 걸 마실 때는
말이야!

크리스틴 (다시 레인지로 돌아가서 긴 자루가 달린 작은 스튜
냄비를 레인지에 올려놓는다.) 하나님, 당신 같은 남자를 남
편으로 맞을 이에게 자비를 베푸소서! 까다롭긴!

장 아, 헛소리! 나같이 멋진 남자를 얻은 걸 아주 기뻐해야지.
내가 당신 약혼자라고 말해서 해될 거 하나도 없지. (와인 맛
을 본다.) 좋아! 아주 좋아! 조금 아주 조금만 더 온도를 맞췄
다면! (손으로 잔을 데운다.) 이거 디종*에서 산 거잖아. 리터
당 4프랑. 보틀링도 하기 전에. 거기에 관세까지. 지금 뭘 끓이
는 거야? 냄새가 진짜 지독해!

크리스틴 아, 줄리 아가씨가 디아나한테 줄 거지 같은 거 좀 끓
이고 있어.

장 크리스틴, 말 좀 가려서 해! 그런데 그 똥개한테 뭘 준다고

휴일에도 이러고 있는 거야? 개가 아픈 거야, 아님…….

크리스틴　응, 맞아. 아파! 수위 아저씨네 똥개랑 도망갔다가 엉망이 되어 버렸지 뭐(새끼를 배 버렸지) ─ 줄리 아가씨가 가만 있을 리 없지.

장　줄리 아가씨는 어떨 땐 아주 거만하면서 또 어떨 땐 당당하지 못하다니까. 어쩜 백작 부인이 살아 계셨을 때랑 그렇게 똑같은지.

집에선 늘 부엌이나 외양간에 계시면서 보통 마차론 성도 안차하셨잖아. 소매는 더럽게 하고 다니시는데 단추는 전부 가문 문장이 새겨져 있어야 했고. 줄리 아가씨 경우엔, 자신이나 자기 사람한테 신경 쓰지 않는 것 같아. 내 생각에 아가씨는 숙녀라고 할 수 없어. 방금도 헛간에서 춤출 때, 안나한테서 사냥터 관리인을 가로채서는 자기가 춤을 추었다니까. 우린 그러지 않잖아. 귀족들이 저급하게 할 땐 더해. 정말 저급해져 버린다니까. 그렇지만, 정말 아가씨가 대단하긴 해! 정말 아름답지. 아, 그 어깨랑 그리고, 아무튼!

크리스틴　알았어, 그쯤 해 둬. 아가씨 옷시중 드는 클라라한테 들었으니까

장　클라라한테! 여자들은 항상 서로 질투하지. 난 아가씨랑 승마도 해 봤고…… 또 춤도 춰 봤잖아!

크리스틴　어이 장! 나 일 다 끝내면 같이 춤추러 갈까?

장　그럼, 물론이지.

크리스틴　약속하지?

장 약속? 난 한다고 하면, 하는 사람이야. 꼭 해. 어쨌든 고마워. 잘 먹었어. 너무 맛있었어! (와인병을 코르크로 틀어막는다.)

미스 줄리 (문에서 밖을 향해 말을 하며) 금방 갈게! 먼저 가 있어!

장은 식탁 서랍에 와인 병을 슬며시 숨기고는 공손히 일어난다.

미스 줄리 (들어와서 거울 옆에 있는 크리스틴에게 다가서며) 그래! 준비됐어?

크리스틴이 장과 함께 있다는 사인을 보낸다.

장 (미스 줄리의 호감을 사려고 공손하게) 숙녀들만의 비밀이라도 있습니까?

미스 줄리 (손수건으로 장의 얼굴을 살짝 치며) 궁금해하기는!

장 아, 제비꽃 향수 냄새가 무척 좋습니다!

미스 줄리 (요염하게) 건방지게! 향수도 안단 말이지? 춤은, 좀 추더군…… 음, 그만 쳐다봐! 저리 가.

장 (뻔뻔하게, 하지만 정중하게) 이 하지절 전야에 숙녀들께서 끓이고 있는 게 혹 마법의 수프인가요? 미래의 배필감을 볼 수 있게 예언해 주는 것 말이죠!

미스 줄리 (날카롭게) 그걸 보려면, 예리한 눈이 있어야지! (크리스틴에게) 작은 술병에 담아서 코르크로 잘 막아 놔. ─ 나하고 쇼티셰*나 추러 가자, 장…….

장　(주저하며) 무례한 사람이 되고 싶진 않지만, 사실 크리스 틴하고 춤을 추기로 선약을 해서…….

미스 줄리　그야 뭐, 크리스틴은 다른 사람하고 추면 되잖아, 그 치, 크리스틴? 나한테 장 좀 빌려주지 않을래?

크리스틴　제가 어디다 대고 감히. 아가씨께서 그렇게 부탁을 하 시는데, 장이 거절한다면 도리가 아니지요. 장, 어서 가 봐! 영 광이니 감사드리고.

장　외람된 말씀일 수도 있지만, 아가씨께서 같은 파트너와 두 번이나 춤을 추는 게 현명한 일인지 모르겠습니다. 무엇보다 도 사람들이 금방 쑥덕거릴 것이고…….

미스 줄리　(불끈 화를 내며) 뭘? 뭘 쑥덕거려? 무슨 얘기하는 거야?

장　(고분고분하게) 혹 이해가 되지 않으신다면 제가 좀 더 확 실하게 말씀드리겠습니다. 하인들 중 한 사람만 편애하시는 건 똑같이 특별한 영광을 기다리는 다른 이들에게는 나쁘게 보일 수도 있지 않을까 싶습니다…….

미스 줄리　편애! 무슨 터무니 없는! 황당하네! 이 집의 여주인 인 내가 댄스 파티에 참석해 주는 것만으로도 사람들한테는 영광이잖아. 그리고 지금 내가 정말로 춤을 추고 싶으면, 춤을 리드할 줄 아는 사람하고 출 거야. 우스꽝스러워 보이는 건 피 하고 싶으니까.

장　아가씨께서 명령하시는 대로! 거행하겠습니다!

미스 줄리 (부드럽게) 명령으로 받아들이지 말고. 오늘 밤 우린 모든 신분을 내려놓고, 기분 좋게 파티를 즐기는 거야. 자, 팔 줘. ─ 걱정하지 마, 크리스틴! 네 약혼자랑 도망가는 거 아니니까!

장이 팔을 내밀고 미스 줄리를 밖으로 데리고 나간다.

팬터마임

여배우는 정말로 그 공간에 혼자 있는 것처럼 연기한다. 필요할 경우 관객을 향해 등을 돌린다. 관객석을 쳐다보지 않는다. 마치 관객들이 참을성이 없어 초조해할까 두려워하는 것처럼 서두르지는 않는다.

크리스틴(혼자다. 쇼티셰 리듬의 바이올린 연주가 멀리서 약하게 들려온다). 크리스틴은 그 음악에 맞추어 콧노래를 부른다. 장이 먹었던 것을 치우고, 싱크대에서 접시를 닦고, 마른 수건으로 물기를 없앤 후 찬장 안에 집어넣는다. 그다음에 앞치마를 벗고, 테이블 서랍에서 작은 거울을 꺼내 라일락 화분에 기대 놓는다. 우지로 만든 초에 불을 붙이고 머리핀을 달군 다음 그것으로 이마의 머리를 곱슬곱슬하게 만든다.

그다음 문밖으로 나가 귀를 기울인다. 다시 테이블로 돌아온다. 미스 줄리가 잊고 남겨 놓은 손수건을 발견해서 그것을 주워 냄새를 맡아 본다. 그런 다음에 뭔가 하려고 생각했던 것처럼 그것을 펼치고, 잡아 늘려서 주름을 없애고 네 등분하여 접는다.

장   (혼자 등장하며) 진짜 미친 거 아냐! 어떻게 춤을 그렇게 춰! 다들 문 뒤에서 낄낄거리고 있고. 어떻게 생각해, 크리스틴?

크리스틴   음, 지금 그날이잖아. 항상 그때 되면 이상해지더라고. 그럼 이제 나랑 춤추러 갈까?

장   내가 그렇게 나가서 화난 건 아니지?

크리스틴   아니! 요만큼도. 그리고 내 위치는 나도 알고⋯⋯.

장   (그녀의 허리를 팔로 감싸 안는다.) 크리스틴, 당신은 현명한 여자야. 좋은 아내가 될 거야⋯⋯.

미스 줄리   (들어온다. 놀라며 불쾌해하다가 억지로 넉살스럽게) 숙녀를 두고 그렇게 도망가 버리다니, 정말 훌륭한 파트너네.

장   그 반대죠, 줄리 아가씨. 보시다시피 버림받은 제 파트너를 찾아서 서둘러 온 것뿐입니다.

미스 줄리   (멋지게 표현한다.) 정말 춤 솜씨는 비길 데가 없단 말이야. 근데 제복은 왜 입고 있어? 휴일이잖아. 빨리 벗어 버려!

장   그러면 아가씨, 잠시만 비켜 주실 수 있겠습니까? 제 검정색 외투가 여기에 있어서⋯⋯. (오른쪽으로 자리를 옮기라고 몸짓한다.)

미스 줄리   내가 있는 게 부끄러워? 외투 하나 갈아입는 거잖아. 네 방에 가서 갈아입고 오던가! 그 대신 빨리하고 와. 아님, 내가 등을 돌리고 있을 수도 있고.

장   그렇게 허락해 주신다면! (오른쪽으로 자리를 옮긴다. 외투를 갈아입는 그의 팔이 보인다.)

미스 줄리 (크리스틴에게) 크리스틴. 장이랑 아주 편해 보이네. 친근해 보이는데, 둘이 정말 약혼한 거야?

크리스틴 약혼요? 네, 그렇게 말하고 싶으시다면 그렇게 하시지요.

미스 줄리 그렇게 말하다니?

크리스틴 그게, 아가씨도 약혼을 하셨었고, 그리고…….

미스 줄리 우린 정식으로 약혼을 했었지…….

크리스틴 그치만 아무것도 이뤄지지 않았잖아요…….

장이 검은 프록코트'와 검은 중산모를 쓰고 들어온다.

미스 줄리 Trè gentil; monsieur Jean! Trè gentil(아주 멋져! 미스터 장! 정말 근사해!)

장 Vous voulez plaisanter, madame(부인, 농담의 말씀을)!

미스 줄리 Et vous voulez parlez français(아, 프랑스어로 하시겠다)! 어디서 배웠어?

장 스위스에서요. 루체른에 있는 가장 큰 호텔들 중 하나에서 급사장으로 일했었습니다.

미스 줄리 그 프록코트를 입으니 신사 같네. 멋있어! (식탁에 앉는다.)

장 오, 과찬의 말씀입니다!

미스 줄리 (감정이 상해서) 과찬?

장 저란 사람은 겸손을 타고 나서, 아가씨께서 저같이 하찮은 자에게 진심으로 하시는 말씀이라는 것을 믿을 수 없습니다. 그래서 저는 아가씨께서 과장해서 하신 말씀이거나 그저 저를 기쁘게 해 주려고 하신 말씀이라고 받아들이는 것입니다.

미스 줄리 그렇게 말하는 건 어디서 배웠어? 연극 보러 많이 갔었나 봐?

장 거기도 있죠! 저는 정말로 많은 곳에 가 봤습니다!

미스 줄리 그치만 이 근방에서 태어난 거 아냐?

장 제 아버지가 이 옆 검찰 위원회에서 일하는 소작농 일꾼*이셨죠. 아가씨께서는 모르시겠지만, 전 어렸을 때 종종 아가씨를 봤었습니다.

미스 줄리 설마, 진짜로?

장 네, 특히 기억에 남는 때도 있죠……. 아뇨, 말씀드릴 수 없네요.

미스 줄리 괜찮아! 해 봐! 왜? 한 번만!

장 아뇨, 지금은 정말 안 됩니다! 나중에는, 아마도.

미스 줄리 나중에란 건 말할 거란 얘기잖아. 지금하면 큰일나?

장 큰일이 나는 건 아니지만, 하고 싶지 않아요! ─ 저것 좀 보세요! (레인지 근처의 의자에서 잠들어 있는 크리스틴을 가리킨다.)

미스 줄리 크리스틴은 좋은 아내가 될 거야! 혹시 코도 골아?

장 코는 안 고는데, 잠꼬대를 해요.

미스 줄리　(냉소적으로) 그걸 어떻게 알아?

장　(태연하게) 들었으니까요!

사이. 서로를 관찰한다.

미스 줄리　좀 앉지?

장　아가씨 앞에선 그럴 수 없지요.

미스 줄리　내가 명령한다면?

장　그럼 복종해야죠.

미스 줄리　그럼, 앉아. ─ 아니, 잠깐만! 먼저 뭐 마실 것 좀 가져 다줄래?

장　여기 아이스박스에 뭐가 있을지 모르겠습니다. 제 생각엔 맥주밖에 없는 것 같은데.

미스 줄리　맥주'밖에'? 난 입맛이 소박해. 와인보다 맥주가 더 좋아.

장　(아이스박스에서 맥주 한 병을 꺼내 병마개를 딴다. 유리 잔 하나를 찬장에서 찾아서 접시와 함께 내놓는다.) 여기 있 습니다!

미스 줄리　고마워! 장은 뭐 안 마셔?

장　맥주를 그리 즐기는 편은 아니지만, 명령이라면.

미스 줄리　명령? 신사라면 숙녀와 보조를 잘 맞춰 줘야 하는 법 이야.

장　지당하신 말씀입니다(병마개를 따고는, 유리잔을 잡는다.)

미스 줄리　나의 건강을 위해서 건배!

장　(주저하고 있다.)

미스 줄리　부끄러운 거야?

장　(무릎을 꿇고, 익살을 부리듯 풍자적으로 자신의 잔을 높이 치켜들며) 주인님을 위하여 건배!

미스 줄리　브라보! 이제 내 신발에 키스해, 그래야 제대로 하는 거지.

장은 주저하는 듯하다가 그다음에 바로 과감하게 그녀의 발을 잡고서는 가볍게 키스한다.

미스 줄리　훌륭해! 배우를 했어야 했는데!

장　(일어선다.) 그만하십시오, 아가씨. 누가 와서 볼지도 모릅니다.

미스 줄리　뭐 어쩔 건데?

장　어쩌긴요. 떠들어 대겠죠. 방금도 거기서 사람들이 얼마나 나불거렸는지 아가씨가 아셨더라면…….

미스 줄리　뭐라고 그랬는데? 얘기해 봐! 앉아!

장　(앉는다.) 상처 드리고 싶진 않지만, 사람들이 어떤 표현을 사용했느냐면 그러니까…… 다 아시잖아요. 어린아이도 아니시고. 밤늦게 여자가 남자랑 단둘이 술 마시고 있는 모습을 보면―그게 하인이든 아니든―그러니까…….

미스 줄리　그러니까 뭐! 그리고 우리 둘만 있는 게 아니잖아.

크리스틴도 있고.

장   자고 있죠.

미스 줄리   그럼 깨울게. (일어선다.) 크리스틴! 자는 거야?

크리스틴이 잠꼬대한다.

미스 줄리   크리스틴! 곯아떨어졌네!

크리스틴   (잠결에) 백작님 신발은 닦아 놓았습니다―곧, 곧, 곧 커피를 올리겠습니다―호호―푸후!

미스 줄리   (크리스틴의 코를 잡는다.) 얼른 일어나!

장   (엄하게) 내버려 두세요. 자고 있잖아요!

미스 줄리   (날카롭게) 뭐?

장   하루 종일 레인지 앞에서 일했던 사람은 밤이 되면 피곤한 법입니다. 잠자는 것만이라도 존중해 줘야지요…….

미스 줄리   (멋지게 표현한다.) 고귀한 생각이야. 경의를 표할게―고마워! (장에게 손을 건넨다.) 이제 나가자. 내게 라일락을 좀 따 줘!

나중에 크리스틴이 일어난다. 잠에 취한 상태로 멍한 그녀는 오른쪽으로 가서 잠자리에 든다.

장   아가씨하고요?

미스 줄리   나하고!

장 그래선 안 됩니다! 절대로 안 돼요!

미스 줄리 도대체 이해할 수가 없네. 너 정말 그런 생각하는 건…….

장 아니요, 제가 아니라 사람들이요.

미스 줄리 뭐라고? 내가 하인하고 verliebt(정분)이라도 날까 봐?

장 전 그런 허영심 있는 사람이 아니지만, 그런 케이스들이 있어 왔고―사람들은 속물적이니까요.

미스 줄리 넌 정말 귀족 같은데!

장 네, 전 그렇죠.

미스 줄리 내려가 볼까…….

장 내려가지 마세요, 아가씨. 제 말 좀 들으세요! 아가씨께서 자발적으로 내려왔다고 생각할 사람은 아무도 없을 거예요. 아가씨가 추락했기 때문이라고 사람들이 계속 떠들어 댈 거라니까요.

미스 줄리 사람들에 대해선 내가 너보다 더 잘 알아. 두고 보자고―어서! (그녀가 그를 뚫어져라 쳐다본다.)

장 그거 아시죠? 아가씨 지금 이상한 거.

미스 줄리 어쩌면. 근데 너도 마찬가지야―그리고 모든 게 다 이상해! 인생, 인간들, 이 모든 게 가라앉기 전까지 물 위를 이리저리 표류하는 거품일 뿐이야. 가끔 꾸는 꿈이 있는데 지금 그 꿈이 생각나―기둥 위에 올라가 앉았는데, 내려갈 방법이 없는 거야. 아래를 보면 아찔해. 내려가야 되는데, 뛰어내릴 용기는 없어. 더 이상 내가 있는 그곳에 있을 수가 없어. 너무 뛰어내리고 싶어. 근데 그게 안 돼. 내려가기 전까진 안식도 없고, 쉴 수도 없어. 내려갈 수만 있다면 날 땅에 묻어 버리고 싶은데…… 이런 거 혹시 알아?

장   아뇨! 전 어두운 숲속에 있는 커다란 나무 아래 누워 있는 꿈을 종종 꿔요. 거길 기어오르고 싶어요. 오르고 올라서, 꼭대기까지 올라가서, 햇빛이 찬란한 경관을 둘러보고, 새 둥지에 있는 황금 알을 훔쳐 보고 싶어요. 전 올라가고, 또 올라가는데 나무는 너무 굵고 미끄럽고, 첫 번째 가지까진 아직도 멀었어요. 첫 번째 가지에만 닿을 수 있다면 꼭대기까지는 사다리 오르는 것처럼 수월하리라는 걸 압니다. 아직 거기 닿진 못했지만, 전 언젠가 그곳에 오를 겁니다. 비록 꿈속에서라도요.

미스 줄리   여기서 너랑 꿈 얘기만 하고 있네. 이제 가자! 공원으로 가자! (그녀가 그에게 팔을 내밀어 청한다. 그러고는 그들이 나간다.)

장   오늘 밤 우리가 하지절에 핀 꽃 아홉 송이를 베개 밑에 놓고 자면 우리 꿈이 현실이 될 거예요!* 아가씨!

미스 줄리와 장이 문에서 몸을 돌린다. 장이 한쪽 눈에 손을 갖다 댄다.

미스 줄리   뭐가 들어갔어? 봐봐.
장   아무것도 아니에요—그냥 먼지예요—금방 나올 겁니다.

미스 줄리 내 옷소매 때문에 그런가 봐. 앉아 봐, 내가 도와줄 게! (팔로 그를 잡아서 앉힌다. 그의 머리를 꽉 잡고는 뒤로 젖힌다. 미스 줄리가 손수건의 가장자리로 티끌을 꺼내려고 한다.) 가만히 좀 있어 봐, 가만히 있어! (장의 손을 때린다.) 자! 이제 순종하는군! 떨고 있는 것 같네. 이렇게 크고 건장한 사내가! (그의 팔죽지를 만진다.) 이 팔 좀 봐!

장 (경고하듯) 줄리 아가씨!

미스 줄리 응, 무슈 장?

장 Attention! Je ne suis qu'un homme(조심하십시오! 저도 남자일 뿐입니다)!

미스 줄리 가만히 좀 앉아 있어! — 그래! 이제 없어졌어. 내 손에 키스하고 고맙다고 해!

장 (일어난다.) 줄리 아가씨! 제 말 좀 들으세요! 이제 크리스틴은 자러 갔어요. 제 말 좀 들으시라고요!

미스 줄리 먼저 내 손에 키스해!

장 말 좀 들으세요!

미스 줄리 내 손에 먼저 키스하라니까!

장 알겠습니다. 하지만 다 아가씨 탓입니다!

미스 줄리 뭐가?

장 뭐라뇨? 아가씨께서 스물다섯 살 된 어린아이세요? 불장난 하는 게 위험하다는 걸 모르십니까?

미스 줄리 난 괜찮아. 보험을 들어 놓았으니까!

장 (대담하게) 아니요, 그렇지 않습니다! 만약 그렇더라도 주

위에 불붙기 쉬운 폭발물이 얼마든지 있으니까요!

미스 줄리 그건 너 얘긴가?

장 네! 저라서가 아니라, 저도 젊은 남자니까요—.

미스 줄리 매력적인 외모로—정말 우쭐대는군! 돈 후안 같아! 아니면 요셉*! 내 생각엔 틀림없이, 장은 요셉이야!

장 그렇게 생각하세요?

미스 줄리 어유 겁나!

장이 대담하게 앞으로 다가서더니 그녀를 한껏 포옹하고 키스하려고 한다.

미스 줄리 (장의 뺨을 때린다.) 건방지긴!

장 진심인가요, 아니면 장난인가요?

미스 줄리 진심이지!

장 그러면 방금도 진심이었군요. 장난이 너무 지나치신 것 같은데 그건 정말 위험한 겁니다. 이제 그런 장난에 좀 지쳤습니다. 허락하신다면 제 일을 하러 가겠습니다. 백작님께서 제때 부츠를 신으실 수 있도록 준비해야 하고, 자정도 훨씬 지났습니다.

미스 줄리 부츠 저리 치워!

장 안 됩니다. 이건 제가 해야 할 일이고, 거기에 아가씨의 놀잇감이 돼야 할 임무는 없습니다. 그렇게 되지도 않을 거고요. 그리고 잘 지내려고 하는 것이기 때문에 절대로 그렇게 될 수 없습니다.

미스 줄리 Aren't we proud one(건방지군)!

장 어떻게 보면 그렇지요. 하지만 달리 보면 그렇지 않습니다.

미스 줄리 누군가를 사랑해 본 적 있어?

장 저희는 그런 말을 사용하지 않습니다만, 좋아한 여자들은 많았죠. 언젠가 한번은 제가 원했던 사람을 가질 수 없어 병이 나기도 했습니다. 천일야화에 나오는 왕자들처럼요. 오로지 사랑 때문에 먹지도 마시지도 못하고.

미스 줄리 그게 누군데?

장이 침묵한다.

미스 줄리 그게 누군데?

장 말할 수 없습니다.

미스 줄리 동등한 입장으로 물어보는 거야. 일종의 친구처럼. 그게 누구야?

장 아가씨요!

미스 줄리 (앉는다.) 말도 안 돼!

장 예, 그렇죠! 말도 안 되죠! — 아시겠어요? 방금 전에 말씀드리고 싶어 하지 않았던 이야기가 바로 그 이야기였는데, 이제 다 말씀드리도록 하죠! 아가씬 바닥에서 바라보는 세상이 어떤지 아시나요? 아뇨, 모르시겠죠! 매나 독수리 같은 새들은 항상 높이 떠 있기 때문에 우리가 그 등을 보기 어려운 것처럼요. 전 일꾼 숙소에서 일곱 명의 남매와 함께 살았습니다. 우중충한 경작지엔 돼지 한 마리가 살고 나무 한 그루 자라지 않았죠. 그렇지만 창문으로 백작님의 공원 담이랑 그 안에 우뚝 솟아 있는 사과나무들이 보였어요. 그곳은 천국의 정원이었습니다. 성난 천사들이 불타오르는 검을 들고 지키고 있는 곳이었죠. 그런데도 저와 다른 아이들은 생명의 나무*로 가는 길을 찾아냈어요—지금 절 경멸하시겠죠—.

미스 줄리 아이! 남자애들은 모두 사과를 훔치잖아.

장 그렇게 말씀하시지만, 어쨌든 저를 경멸하실 겁니다. 다 좋아요. 언젠가 제 어머니와 양파밭 잡초를 뽑으려고 그 천국 안으로 들어가게 되었어요. 커다란 정원 옆으로 재스민 그늘과 인동초가 무성하고 거기에 터키식 정자가 있었어요. 저는 그렇게 아름다운 건물은 본 적도 없었고, 그게 뭐에 쓰는 건물인지도 몰랐죠. 사람들이 들락날락했죠. 어느 날은 문이 열려 있더라고요. 몰래 그 안으로 들어갔죠. 벽은 온통 왕과 황제의 초상화들로 덮여 있고, 술이 달린 빨간색 커튼이 창문에 걸려 있고—지금 제가 뭘 의미하는지 아시겠지요. 저는--- (라일락 꽃 한 송이를 꺾어 미스 줄리의 코 밑에 갖다 댄다.)—저는 성 안에 들어간 본 적이 없었어요. 교회 말고는 다른 걸 본 적이 없는데—그 성이 훨씬 아름다웠죠. 그리고 내 마음이 어디서 길을 잃든 결국은 항상 그곳으로 돌아오곤 했어요—꼭 한번이라도 그 기쁨을 경험해 보고 싶다는 마음이 점점 절 압도

하기 시작했습니다. enfin(그래서) 전 살금살금 더 안으로 움직였고, 살펴보고, 감탄했습니다. 근데 그때 누가 오는 소리가 들리는 거예요! 귀족들에겐 오직 단 하나의 출구가 있었지만, 제겐 하나가 더 있었죠. 그곳을 선택하는 것 외에 다른 선택의 여지가 없었어요.

라일락 꽃을 쥐고 있던 미스 줄리가 그것을 식탁 위에 떨어뜨린다.

장　그리고 전 온 힘을 다해 달리기 시작했어요. 산딸기 덤불을 뚫고 딸기밭을 가로질러서 장미 정원에 도착했죠. 거기에서 흰색 스타킹에 연분홍색의 드레스를 보았어요―아가씨였죠. 저는 잡초 더미 아래에 숨었어요, 그 밑에요. 상상이 되시나요? 엉겅퀴가 찔러 대고 축축한 땅 아래에선 악취가 풍기고. 그리고 저는 장미 사이를 거니는 아가씨를 보면서 이렇게 생각했어요. 만약 강도가 천국에 들어가서 천사들과 함께 살았다는 게 사실이라면, 왜 하나님의 땅에 있는 일꾼 자식은 정원에 들어가서 백작님의 따님과 놀 수 없는 거지?

미스 줄리　(애처롭게) 다른 가난한 아이들이라도 그때 그렇게 생각했을까?

장　(처음에는 주저하다가, 확신에 찬 듯) 만약 가난한 아이들 전부가 ― 네 ― 물론이죠! 그럼요!

미스 줄리　가난하다는 건 어마어마한 불행인가 봐.

장　(심히 괴로워하며, 아주 과장되게) 아, 줄리 아가씨! 아!―

개는 백작 부인의 소파에 누울 수 있고, 말도 아가씨 손으로 콧등을 애무받을 수도 있지만, 하인은요! (멋지게 표현한다.) 네네, 세상에 크게 출세한 한두 사람의 이야기가 있기는 하지만 그게 얼마나 될까요! 그리고 제가 어떻게 됐는지 아세요? 옷을 입은 채로 물레방아 개천으로 뛰어들었다가, 끌어 올려졌고, 심하게 매질을 당했어요. 하지만 돌아오는 일요일에 아버지와 온 식구들이 외할머니 댁에 갔을 때, 저는 꾀를 내어 집에 남게 되었지요. 비누칠하고 따뜻한 물로 몸을 깨끗이 씻은 다음, 제일 좋은 옷으로 갈아입고, 아가씨를 보러 교회로 갔습니다. 아가씨를 보고는 집으로 돌아와서 죽기로 결심했어요. 하지만 고통 없이 아름답고 기분 좋게 죽고 싶었어요. 그때 양딱총나무 덤불 아래서 잠이 드는 게 위험하다는 말이 떠올랐어요. 막 꽃이 한창 핀 커다란 양딱총나무가 한 그루 있었거든요. 거기 열린 꽃을 모조리 따서 귀리 저장용 큰 상자 안에 깔았어요. 귀리가 얼마나 매끄러운지 아세요? 마치 사람 피부처럼 촉감이 좋아요……! 어쨌든 뚜껑을 닫고 눈을 감고 잠이 들었습니다. 가족들이 돌아와서 절 깨웠을 때 정말로 엄청나게 아팠어요. 보시다시피 죽지는 않았지만. 제가 원했던 게 뭔지는 잘 모르겠어요. 정말 모르겠어요. 아가씨를 얻을 거라는 희망은 가지지도 않았어요—하지만 아가씨는 제가 가지고 태어난 굴레에서 헤어나는 게 얼마나 절망적인지 알려주는 표시이기도 했어요.

미스 줄리   너, 말을 아주 잘하네. 학교에 다녔나?

장 약간이요. 하지만 소설을 아주 많이 읽었고 연극도 보러 다녔습니다. 그 외에 귀족들이 나누는 이야기도 많이 들었는데, 그런 것으로 주로 배웠어요.

미스 줄리 우리가 하는 얘기를 듣는다고?

장 네 물론이죠! 특히 마부석에 앉아 있을 때나 보트의 노를 저을 때 많이 들었죠. 언제였던가, 아가씨와 친구분 얘기하는 것도 들었는데…….

미스 줄리 맙소사! 그때 무슨 말을 들었어?

장 글쎄요, 다시 언급하는 건 좋지 않은 것 같습니다. 어쨌든, 좀 놀랐습니다. 어디에서 그런 말들을 다 배우셨는지 이해하기 어렵더라고요. 어쩌면 사람과 사람 사이에 바탕이 그렇게 큰 차이가 나는 것은 아닌 것 같아요!

미스 줄리 웃기지 마! 약혼했을 때 우린 너희들처럼 행동하지 않아.

장 (그녀를 빤히 쳐다본다.) 그런가요? 그래요, 제 앞에서 순진한 척하실 필요는 없습니다만…….

미스 줄리 내가 사랑한 그놈은 나쁜 새끼였어.

장 항상 그러시죠―지나고 나면.

미스 줄리 항상?

장 예, 항상. 비슷한 상황에서 그런 표현을 전에도 여러 번 들었던 것 같습니다.

미스 줄리 무슨 상황?

장 논란이 되고 있는 그 상황요. 가장 최근에 ―.

미스 줄리 (일어난다.) 조용히 해! 더 듣고 싶지 않아!

장 이상하군요. 그 여성분도 원치 않으시던데─자, 그럼 저는 가서 잠자리에 들어도 될까요?

미스 줄리 (목소리를 부드럽게) 하지절 전야에 가서 자겠다고!

장 네! 어중이떠중이들과 함께 춤을 추는 것은 정말 즐겁지가 않네요.

미스 줄리 보트 열쇠를 가져와서 호수로 데려가 줘. 일출을 보고 싶어!

장 그게 잘하는 일일까요?

미스 줄리 네 평판이 잘못될까 걱정하는 것처럼 들리네.

장 왜 안 그렇겠어요? 전 웃음거리가 되고 싶지도 않고, 제 사업을 시작하려는 시점에서 증명서 한 장 없이 해고되고 싶지도 않습니다. 그리고 크리스틴에 대해서도 제 책임이 있다고 생각합니다만.

미스 줄리 그래, 지금은 크리스틴 때문이라는 거지⋯⋯.

장 네, 하지만 아가씨 때문이기도 하지요─제 충고를 들어주세요. 그리고 올라가서 주무세요!

미스 줄리 나보고 네 충고를 들으라고?

장 이번 한 번만이라도요. 아가씨 자신을 위해서요! 간청드립니다! 밤이 늦었어요. 그래서 지금 피곤하고 술이 올라 분별이 흐리신 겁니다. 어서 가서 주무세요! 더군다나─제가 잘못 들은 게 아니라면─사람들이 저를 찾기 위해서 이리로 올 겁니다! 그리고 여기에서 우리를 발견하게 된다면 아가씨는 절망하게 될 거예요!

합창단이 노래를 부르면서 다가온다.

목소리   숲에서 온 부인 두 명
    트리디리디-랄라 트리디리디-라
    한쪽 발은 물에 젖었고
    트리디리디-랄라-라.

    사람들은 백 릭스달레르*에 대해 이야기를 했다네
    트리디리디-랄라 트리디리디-라
    하지만 일 달레르도 얻지 못했다네
    트리디리디-랄라-라.

    당신에게 화환을 선사했다네
    트리디리디-랄라 트리디리디-라
    내가 생각했던 건 다른 사람이라네
    트리디리디-랄라-라.

미스 줄리   저 사람들을 알아. 그리고 저들이 나를 사랑하는 것
    처럼 나도 사랑해. 오라고들 해. 잘 봐!
장   아니요, 아가씨, 저 사람들은 아가씨를 사랑하지 않아요. 아
    가씨의 음식을 먹지만 뒤에서는 침을 뱉어 댄다고요! 제 말을

믿으세요! 들어 보세요. 저 사람들이 뭐라고 노래를 부르는지 한 번 들어만 보세요! ─ 아니요, 듣지 마세요!

미스 줄리   (귀를 기울인다.) 뭐라고 노래를 부르는데?

장   저속한 노랩니다! 아가씨와 저에 관한!

미스 줄리   끔찍해! 아, 가식적인 것들!

장   어중이떠중이들은 항상 비겁해요! 저런 놈들을 상대하느니 도망가는 게 상책입니다.

미스 줄리   도망간다고? 근데 어디로? 나갈 수가 없잖아! 크리스틴 방으로 들어갈 수도 없고!

장   그럼, 제 방으로 들어갈까요? 다급할 땐 수단을 가리지 않는 법입니다. 그리고 저를 믿으세요. 저는 아가씨의 진실하고 성실한 존경할 만한 친구니까요.

미스 줄리   근데 만약, 만약 장을 찾는 사람이 거기로 오면?

장   문을 걸어 버릴 거예요. 만약 들어오려고 한다면, 쏴 버리겠습니다! 가요! (무릎을 꿇고) 어서요!

미스 줄리   (의미심장하게) 약속하지……?

장   맹세합니다!

미스 줄리가 급히 오른쪽으로 나간다. 장도 서둘러 따라 나간다.

발레

농부들이 전통 의상을 입고 모자에는 꽃을 꽂고 들어온다. 바이올린 민속음악 연주자가 맨 선두에 서 있다. 조그만 나무통*에 담긴 달고 약한 맥주*와 초록색으로 색을 입힌 작은 나무통에 들어 있는 보드카가 식탁에 쌓인다. 유리잔을 꺼낸다. 그다음에 술을 마신다. 그러고는 둥그렇게 원을 만들어서 민속춤을 춘다. "Det kommo två fruar från skogen(숲에서 온 부인 두 명)."

춤과 술판이 끝나자 다시 노래를 부르면서 퇴장한다.

미스 줄리가 혼자 들어온다. 엉망이 되어 버린 부엌을 본다. 주먹을 꼭 쥔다. 그다음 분첩을 꺼내서 얼굴에 분을 바른다.

장   (지나치게 흥분해서 등장한다.) 그것 봐요! 다 들으셨죠! 여기 계실 수 있겠어요?

미스 줄리   아니. 안 돼. 그렇지만 어떡하지?

장   도망쳐요, 여행을 가요, 여기에서 멀리요!

미스 줄리   여행? 그래, 그런데 어디로?

장   스위스로요, 이탈리아 호수로요. 거기에 가 본 적 없으시지요?

미스 줄리   응. 거긴 아름다워?

장   끝없는 여름, 오렌지, 월계수, 아!

미스 줄리   근데 그다음엔 거기서 뭘 하지?

장   최상층의 고객에게 최고급 서비스를 제공하는 호텔을 여는 거죠.

미스 줄리 호텔?

장 절 믿으세요. 그게 바로 인생이에요. 끊임없이 새로운 얼굴들과 새로운 언어들이 흘러가고, 걱정하거나 초조할 틈이 전혀 없어요. 일거리를 찾을 필요도 없습니다. 해야 할 일이 그냥 생기니까요. 밤낮으로 종이 울려대고, 기차에서는 기적 소리가 들리고, 호텔의 전용 버스'들이 오가고, 그러는 동안 계속해서 돈이 굴러들어 오는 거지요. 그게 바로 인생입니다!

미스 줄리 그럴지도 모르지. 그렇지만 난?

장 호텔의 여주인이지요, 호텔의 보석이고요. 아가씨의 외모…… 그리고 자태 — 오 — 성공은 따 놓은 당상이지요! 훌륭해요! 아가씨께서는 사무실에서 여왕님처럼 앉아서 벨을 눌러서 노예들만 부리면 되는 거예요. 손님들은 아가씨의 왕좌 앞에서 줄지어 머리를 조아리며, 아가씨 테이블에 수줍게 조공을 바치겠지요. — 사람들이 계산서를 손에 받아 들고 얼마나 떨어댈지 아가씨께서는 절대로 믿지 못하실 거예요. — 저는 손님들을 쥐어짜고, 아가씨는 세상에서 가장 달콤한 미소로 그들을 녹여 버리는 거지요. — 자! 어서 떠나시지요. — (호주머니에서 기차 시간표를 꺼낸다.) — 바로, 다음 기차로요! — 여섯 시 삼십 분에 말뫼에 도착하고요. 함부르크에는 내일 일찍 여덟 시 사십 분에 도착하고 프랑크푸르트에서 바젤까지는 하루, 그리고 고트하르트철도를 타고 코모'에 도착하면, 어디 보자, 사흘. 사흘이요!

미스 줄리 전부 대단해! 근데, 장 — 내게 용기를 줘. — 나를 사랑한다고 말해 줘! 이리 와서 날 안아줘!

장 (주저하며) 저도 그러고 싶지만 — 감히 그럴 수 없어요! 이 집에서 더는 안 됩니다. 아가씨를 사랑해요 — 물론요 — 그걸 의심하시는 거예요, 아가씨?

미스 줄리 (부끄러운 듯, 정말 여성스럽게) 아가씨! 그냥 줄리라고 불러. 우리 사이에 더 이상 벽은 없잖아. 줄리라고 불러 줘!

장 (괴로운 듯) 할 수 없습니다! — 이 집에 머무르는 한, 여전히 우리 둘 사이에는 벽이 있어요. — 과거가 있어요, 백작님도 계시고요. — 제가 그렇게 존경했던 분은 이제껏 만나 뵌 적이 없었어요. — 의자에 놓여 있는 그분 장갑만 봐도 제가 작게만 느껴져요. — 저 위에서 벨 소리만 들려도 저는 꼭 겁먹은 말처럼 펄쩍 뜁니다. — 그리고 지금 저기 저렇게 높고 장대하게 서 있는 그분 부츠를 보니까 제 몸이 움츠러들어요!' (부츠를 발로 차 버린다.) 미신, 편견 같은 것을 어린 시절부터 배웠어요. — 하지만 쉽게 잊어버릴 수도 있어요. 그냥 다른 나라로 가는 거예요, 그곳은 공화국이에요. 사람들은 제 호텔의 접수계원 제복에도 굽실댈 겁니다. — 굽실댈 거예요, 두고 보세요. 하지만 전 그러지 않을 겁니다! 저는 굽실대려고 태어나진 않았어요. 저는 그런 종류의 사람이 아니에요. 제게는 인격이 있습니다. 그저 제가 첫 번째 가지를 붙잡도록만

해 주면 아가씨는 금방 제가 올라가는 것을 보게 될 겁니다! 오늘은 하인이지만, 내년에는 소유주가 될 거고, 십 년 후에는 대지주가 될 겁니다. 그다음엔 루마니아로 가서 훈장을 받고요. 저는 할 수 있어요. — 할 수 있다고 말한 걸 잘 기억해 두세요. — 백작으로 끝마칠 수 있어요!

미스 줄리   멋져, 정말 멋져!

장   루마니아에서는 백작의 작위를 살 수 있으니까 아가씨도 똑같이 백작 부인이 되는 거예요. 나의 백작 부인!

미스 줄리   그런 게 다 무슨 상관이야? 이제 난 그런 거 전부 뒤로 던져 버릴 거야. — 날 사랑한다고 말해 줘, 그렇지 않으면 — 그래 그렇지 않으면 난 뭐지?

장   말씀드리지요, 천 번이라도 — 하지만 나중에! 여기에서는 안 돼요! 그리고 무엇보다도, 감정은 안 됩니다, 모든 걸 잃지 않으려면. 현명한 사람답게, 우린 문제를 냉정하게 처리해야 합니다. (시가를 하나 들어서, 끝을 자르고는 그것에 불을 붙인다.) 이제 저기에 앉으세요! 그러면 제가 여기에 앉을게요. 그런 다음 얘기를 나누시지요. 마치 아무 일도 없었던 것처럼.

미스 줄리   (몹시 불행한 듯) 오, 이런! 넌 감정도 없어?

장   저요? 저처럼 감정이 풍부한 사람도 없습니다. 하지만 자제할 수 있습니다.

미스 줄리   방금 전에 내 신발에 키스까지 했잖아 — 그런데 지금은!

장 (강하게) 네, 그땐 그랬지요! 지금은 다른 걸 생각해야 하잖아요.

미스 줄리 나한테 그렇게 거칠게 말하지 마!

장 알았어요, 하지만 현명해져야죠! 어리석음은 죄예요. 더 많은 잘못을 저지르지 마세요! 백작님이 언제든 돌아오실 수 있으니까 그전에 우리의 운명을 결정해야 해요. 미래에 대한 제 계획에 대해서 어떻게 생각하세요? 좋을 것 같아요?

미스 줄리 꽤 타당성이 있어 보이는데, 한 가지 질문이 있어. 그렇게 큰 계획이라면 막대한 자본이 필요할 텐데, 있기는 한 거야?

장 (시가를 씹는다.) 저요! 그야 물론이죠! 제겐 전문 지식과 엄청난 경험, 그리고 외국어 실력이 있잖아요! 충분한 자본이라고 할 수 있죠.

미스 줄리 하지만 그걸로는 기차표 한 장 살 수가 없잖아.

장 물론 그렇죠! 바로 그것 때문에 제가 기금을 빌려줄 후원자를 찾고 있는 겁니다!

미스 줄리 급하게 그런 사람을 어디에서 찾는데?

장 아가씨에게 달렸죠. 만약 제 파트너가 되어 주신다면요.

미스 줄리 난 찾을 수 없어. 그리고 난 가진 게 아무것도 없어.

사이

장 그러면 전부 망했습니다…….

미스 줄리 그러면…….

장 모든 게 원래 굴러가던 대로 가겠죠.

미스 줄리 내가 이 지붕 아래에서 네 정부로 살 거라고 생각해? 사람들이 나한테 손가락질하게 내버려 둘 거라고 생각해? 내가 이런 꼴로 아버지 얼굴을 볼 수 있다고 생각하는 거야? 안 돼! 날 여기에서, 굴욕과 치욕으로부터 내보내 줘! 아, 내가 무슨 짓을 한 거지, 주님, 주님! (운다.)

장 예, 이제 그런 식으로 나오시는 건가요? 무슨 짓을 하긴요? 남들하고 똑같은 짓을 한 거죠!

미스 줄리 (발작적으로 울부짖는다.) 이제 네가 날 멸시하는구나! — 나는 추락하는 거야. 추락하는 거야!

장 제게로 추락하세요. 그럼 제가 다시 올려드릴게요!

미스 줄리 어떤 끔찍한 힘이 네게 홀리게 만든 거지? 강자가 약자에게, 아니면 추락하는 자가 오르는 자에게 끌리는 그런 건가! 아니면 사랑이었을까? 그게 사랑이야? 넌 사랑이 뭔지 알아?

장 저요? 그렇고말고요. 이게 제 첫 경험이라고 생각하시는 거예요?

미스 줄리 말하는 것도 생각하는 것도 끔찍하군.

장 전 그렇게 배웠고, 그게 바로 접니다. 이제 그만 불안해하시고, 고결한 척 마세요, 이제 우린 똑같은 연놈들이니까요! 자, 자, 우리 귀염둥이, 이리 와요, 제가 술 한 잔 더 드릴게.

식탁 서랍을 열어서 와인 병을 꺼낸다. 사용했던 두 잔을 채운다.

미스 줄리   이 와인 어디서 난 거야?

장   저장고에서요.

미스 줄리   아버지의 부르고뉴 와인이잖아!

장   사위한테 어울리지 않아요?

미스 줄리   나도 맥주를 마시는데!

장   나보다 입맛이 더 형편없다는 얘기죠.

미스 줄리   도둑놈!

장   고자질하려고요?

미스 줄리   아, 아! 좀도둑과 공범이라니! 술에 취했던 건가, 오늘 밤 내내 꿈을 꾸고 있는 건가? 하지절 전야에! 순수한 축제의 밤에……

장   순수요? 흠!

미스 줄리   (왔다 갔다 한다.) 지금 나처럼 불행한 사람이 어디 또 있을까!

장   불행하다고요? 막 정복을 끝낸 아가씨가요? 저기 있는 크리스틴을 생각해 보세요! 그녀도 감정이 있다고 생각하지 않으세요?

미스 줄리   방금 전에는 그렇게 생각했지만 이젠 아냐. 아니야, 종놈은 역시 종놈이야…….

장   그리고 창부는 창부죠!

미스 줄리   (두 손을 마주 잡고 무릎을 꿇으며) 오, 하나님, 저의 비참한 삶을 끝내 주소서! 제가 떨어져 버린 이 타락으로부터 저를 꺼내 주소서! 구해 주소서! 구해 주소서!

장 아가씨한테 좀 미안하긴 하네요. 양파밭에 엎드려 장미 정원에 있는 아가씨를 봤을 때, 그러니까…… 이제 말씀드리는 건데…… 남자애들이 하는 것처럼 저도 똑같이 지저분한 생각을 했거든요.

미스 줄리 넌 나 때문에 죽으려고 했다며!

장 귀리통에서요? 그냥 해 본 말이죠.

미스 줄리 거짓말이라고!

장 (졸리기 시작한다.) 얼추! 신문에서 읽었는데, 라일락 꽃을 가지고 장작 저장통 안에 들어가 누운 굴뚝 청소부 얘기였어요. 양육비 문제로 소송을 당했기 때문에…….

미스 줄리 아 그래, 이런 놈이었군…….

장 그럼 무슨 말을 하겠어요. 여자들은 늘 예쁜 얘기에 껌뻑 죽잖아요.

미스 줄리 나쁜 새끼!

장 Merde(허튼 소리)!'

미스 줄리 이제 독수리의 등을 보았구나…….

장 정확히 등은 아니었죠…….

미스 줄리 날 첫 번째 가지로 삼으려고…….

장 근데 썩은 가지였죠…….

미스 줄리 날 호텔 간판으로 삼으려고…….

장 전 호텔이 되고…….

미스 줄리 네 카운터에 앉아서, 손님을 끌고, 고지서를 위조 하고…….

장 그건 제가 하려고 했는데…….

미스 줄리 사람의 영혼이 어떻게 저렇게 더러워질 수 있지!

장 그러면, 씻으세요!

미스 줄리 하인 놈, 종놈, 내가 말하고 있을 땐 일어나!

장 하인의 첩, 종놈의 매춘부, 닥치고 여기에서 나가시죠. 어 디다 대고 여기 와서 나보고 상스럽다고 훈계하려고 들어요? 우리 하인들 중 아무도 오늘 저녁 아가씨가 한 짓 같은 막돼 먹은 짓은 안 해요. 어떤 하녀가 당신이 하던 것처럼 남자한 테 치근덕거릴까요? 우리 신분의 여자가 그런 식으로 몸을 파는 걸 본 적 있나요? 그런 건 짐승이나 창부한테서밖에 못 봤다고요!

미스 줄리 (가슴이 미어질 듯한) 맞아. 날 때려. 날 짓밟아. 그래 도 싸. 난 나쁜 여자야. 도와줘! 날 좀 여기에서 꺼내 줘, 방법 이 있다면!

장 (더 부드러워지며) 서로를 유혹함에 있어 그 영광의 일부 를 공유했다는 걸 부정하진 않겠습니다. 하지만 아가씨가 직 접 유혹의 눈길을 보내지 않았다면, 제 주제에 감히 아가씨를 올려나 볼 수 있었을까요? 여전히 얼떨떨하네요.

미스 줄리 자랑스럽겠네…….

장 그럼요. 솔직히 말해서 정복하는 게 너무 손쉬워서 좀 김이 새긴 했어요.

미스 줄리 더 때려 봐!

장 (일어난다.) 아니요. 제가 한 말에 사과드립니다. 전 무방비 상태인 사람, 특히 여성은 때리지 않아요. 저 아래 있는 우리들이 볼 수 없던 것이 한낱 금도금에 불과했다는 사실을 알게 되어 기쁘다는 것을 부정할 수는 없군요. 독수리의 등에는 딱지가 그득했고 어여쁜 뺨은 화장에 불과했고, 매끈한 손톱엔 까맣게 때가 끼고, 손수건에서는 향수 냄새가 나지만 더러웠죠. 한편으로는 이제껏 내 스스로가 추구했던 것이 더 고귀하지도, 더 가치 있지도 않다는 것을 보게 된 건 씁쓸했지만요. 아가씨의 요리사보다도 훨씬 더 추락해 버린 아가씨를 보게 되어 유감스럽습니다. 마치 가을비에 산산이 흩어져 진흙에 뭉개지는 꽃들을 보는 것 같았어요.

미스 줄리 벌써 네가 나보다 위에 있는 것처럼 말하네.

장 위에 있죠. 내가 아가씨를 백작 부인으로 만들 순 있지만, 아가씨는 절대 나를 백작으로 만들 수 없으니까.

미스 줄리 그래도 난 백작의 자식이고, 넌 절대로 될 수 없어!

장 맞아요. 그래도 내 자식이 백작이 될 순 있죠. 만약······.

미스 줄리 그래도 넌 도둑이야. 난 아니고.

장 도둑이 최악은 아니에요! 더 나쁜 사람도 있어요! 그리고 난 어딘가에서 일할 때 내가 그곳의 식솔이자 자식이라고 생각해요. 자식이 열매가 가득한 나무에서 서리하는 걸 도둑질이라고 하는 사람은 아무도 없어요. (그의 열정이 다시 고개를 쳐든다.) 줄리 아가씨, 당신은 정말 아름다운 여자예요. 저

한텐 너무나 과분하죠! 취한 기분에 실수를 해 놓곤 절 사랑하는 척하면서 무마하려고 하시는 거예요. 그러지 마세요. 혹시나, 제 외모에 홀딱 빠진 게 아니라면요. 만약 그렇다면 아가씨의 사랑은 제 것보다 나을 게 없죠. 하지만 저는 단지 당신의 것이 되는 걸론 절대 만족할 수 없고, 아가씨의 사랑도 얻을 수 없을 겁니다.

미스 줄리　그렇게 확신해?

장　그렇게 생각하고 싶으시겠죠. 제가 당신을 진정으로 사랑할 수도 있다고. 그럼요, 아무렴요. 아가씬 아름답죠. 고결하고. (미스 줄리에게 다가가 그녀의 손을 잡는다.) ─ 마음만 먹는다면, 교양도 있고, 상냥하시잖아요. 그리고 아가씨가 남자의 가슴에 한번 불을 붙이면 절대 꺼지지 않을 겁니다. (그녀의 허리를 팔로 감싼다.) 아가씨는 강한 향의 멀드와인* 같아요, 그리고 아가씨의 키스는……. (그가 그녀를 데리고 나가려고 하지만, 그녀가 천천히 뿌리치고 빠져나온다.)

미스 줄리　놔! 이런 식으로 날 가질 순 없어!

장　그럼 어떻게요? 이런 식이 아니면요? 애무도 안 되고 멋진 말로도 안 되고, 미래에 대해 세심히 염려해 줘도 안 되고, 치욕에서 구해 줘도 안 되고! 그럼 어떻게 하라고요?

미스 줄리　어떻게? 어떻게? 몰라, 모르겠어. 쥐를 싫어하는 것만큼 네가 싫어. 근데 너한테서 도망갈 수도 없어.

장　나하고 도망가요!

미스 줄리　(몸을 바로 세운다.) 도망가자고? 그래, 도망가자. 근데 나는 너무 지쳤어. 와인 좀 줘.

장이 와인을 따른다.

미스 줄리 (자신의 시계를 본다.) 그렇지만 먼저 얘기 좀 해. 아직 시간이 조금 있으니까. (한 잔 마신다. 더 달라고 잔을 내민다.)

장 너무 많이 마셔요, 그러다 취해요.

미스 줄리 그럼 어때서?

장 어떠냐고요? 그건 천한 거예요! 방금 하려고 했던 말이 뭐예요?

미스 줄리 우리 도망가자! 그렇지만 먼저 얘기를 해야 해. 그러니까 내가 말할게. 이제까지 너만 말했으니까. 네 삶에 대해서 이야기했으니까. 이제 내 삶에 대해서 이야기할게, 그래야 우리가 서로에 대해 모두 알고 함께 떠날 수 있으니까.

장 잠깐만요. 미안하지만, 잘 생각해 봐요. 사적인 비밀을 털어놓고 후회할 수도 있으니까.

미스 줄리 우린 친구 아니야?

장 그렇죠, 가끔은. 하지만 저를 믿지는 마세요.

미스 줄리 말만 그런 거지? 그리고 내 비밀은 모두가 알아. 알겠지만 어머니는 아주 보잘것없는 평민 출신이었어. 어머니는 평등이니 여성 해방이니 하는 현대 교육을 받았어. 그리고 확고한 결혼 혐오자였지. 그래서 아버지가 청혼했을 때, 어머니는 아버지의 연인은 돼도 절대 결혼은 하지 않겠다고 버텼어. 아버지는 사랑하는 사람이 자기보다 신분이 낮아 대접받지 못하는 걸 보고 싶지 않다고 했지. 그렇지만 어머닌 세상이 어떻게 생각하든 상관없었고, 열정 때문에, 그리고 신뢰 때문에 아버지도 어머니의 제안을 받아들였어. 그것 때문에 사회적 관계가 끊어지고 집안일에 처박히게 돼 버렸지만. 만족하지도 못하면서 말이야. 그때 내가 태어났지. 어머니는 원하지 않았던 것 같지만. 어머니는 나를 사회적 인습과 문화에 젖지 않은 자연아로 교육하려 했어. 심지어 남자애들이 배우는 건 모두 배우게 해서, 여자가 남자만큼 훌륭하다는 표본이 되게 하셨어. 나는 남자애 옷을 입었고, 말을 다루는 법을 배웠고, 외양간엔 절대 들어가지 못하게 했지만, 말을 빗질하기도 하고, 마구를 매고, 사냥도 하고, 농사짓는 걸 배우고, 맞아, 심지어 도축하는 것까지 배웠어. 그건 정말 끔찍했어! 그리고 농장에서는 남자에게 여자가 하는 일을 시키고, 여자에게 남자가 하는 일을 시켰어. 그러니 모든 게 실패작이었고 우린 동네의 조롱거리가 돼 버렸지. 그러다 마침내 아버지가 마법에서 깨어나 혁명을 일으켰고, 자신이 원하던 대로 모든 게 바뀌게 되었어. 그리고 두 분은 조용히 결혼식을 올렸고, 어머니는 병이 나 버렸지. 어떤 병이었는지는 모르겠어. 글쎄 경련을 자주 일으켰고, 다락이나 정원에 숨기도 하고, 밤새 밖에서 밤을 새우실 때도 있었어. 그러더니 그 큰 화재가 일어난 거야. 들어 봤지? 집이며, 마구간이며, 외양간이며 모든 게 타 버렸는데, 상황을 볼 때 방화가 의심된다는 말이 나왔지. 4분기 보험금이 만료된 바로 그날 불이 났으니까. 그리고 아버지께서 보낸 보험료는 심부름했던 하인의 부주의로 제시간에 납부가 안 되었고. (그녀가 잔을 채운 다음 포도주를 마신다.)

장 그만 마셔요!

미스 줄리 아, 뭐가 문제야! — 길바닥에 나앉아 마차에서 잠을 자야 하는 신세가 됐고, 아버지는 집 지을 돈을 어디에서 구해야 할지 막막하기만 했지. 옛 친구들한테 소홀했었으니까. 그때 어머니가 아버지한테 조언한 거야. 근처에 사는 벽돌 공장 사장이 어머니 옛 친구인데 돈을 빌려 보라고. 결국 돈을 빌렸고, 아버지가 무척 놀랐지. 이자 한 푼 없이 빌려줬거든. 어쨌든 집은 그렇게 지어진 거야. — (다시 술을 마신다.) 집에 불을 냈던 게 누구였는지 알아?

장 아가씨 어머님요.

미스 줄리 벽돌 공장 사장은 누구였는지 알아?

장 어머님의 애인?

미스 줄리 누구의 돈이었을까?

장 잠깐만, 아뇨, 모르겠어요.

미스 줄리 어머니의 돈이었어!

장 그러니까 백작님의 돈도 되지요. 혼인 재산 계약*을 안 했다면?

미스 줄리 그런 계약은 안 했어 — 어머니한테 약간의 재산이 있었는데, 아버지 관리하에 두는 것을 원치 않았어. 그래서 그 돈을 맡겨 두었던 거야. 그―친구한테.

장 그 친구는 돈을 착취했고요.

미스 줄리 바로 그거야! 그가 그 돈을 착복한 거야! ― 그 사실을 아버지께서 다 알게 되었지. 그런데 아버지는 아무것도 할 수 없었어. 어머니의 정부에게 돈을 갚지도 못하고, 그게 부인의 돈이란 것도 증명할 수 없었어! ― 아버지가 집안의 권력을 쥔 것에 대한 어머니의 복수였던 거지. 아버지는 자살하려고 했어. 시도했지만 실패했다는 소문이 자자했어. 하지만 아버지는 회생하셨고 어머니는 결국 자신이 한 일의 대가를 지불해야 했지. 그 5년이 어땠을지 상상이 가? 아버지를 동정하긴 했지만, 난 어머니의 편이었어. 진짜 상황이 뭔지 알 수 없었으니까. 어머니에게서 난 남자에 대한 불신과 증오를 배웠어. ― 어머니가 남자를 얼마나 증오하는지 너도 분명히 들었을 거야. ― 나는 절대로 어떤 남자의 노예도 되지 않겠다고 어머니한테 맹세했어.

장 하지만 변호사랑 약혼하셨죠.

미스 줄리 그를 내 노예로 만드려고.

장 원치 않았을 텐데요?

미스 줄리 아니 기꺼이 원했지만, 기회가 날아갔지. 내가 싫증 났거든.

장 봤죠―마굿간에서.

미스 줄리 뭘 봤다고?

장 봤죠―그 사람이 약혼을 파기해 버리는걸요.

미스 줄리   거짓말! 약혼을 파기해 버린 건 나야! 그놈이 그랬어? 나쁜 새끼!

장   나쁜 새끼는 아니었던 것 같은데. 남자를 싫어하시나요? 줄리 아가씨?

미스 줄리   싫어해 ─대부분. 하지만 때론 ─내 고질병이 도지면, 아!

장   그럼 저도 싫어하세요?

미스 줄리   말할 수 없을 만큼 싫어! 너를 짐승처럼 죽게 만들고 싶어.

장   "수간자는 2년 징역을 받고, 짐승은 죽여 버린다." 그렇죠?

미스 줄리   바로 그거야!

장   하지만 여긴 검사도 없고, 짐승도 없네요. 그럼 우린 어떡하죠?

미스 줄리   떠나야지.

장   죽을 때까지 서로를 괴롭히려고요?

미스 줄리   아니 ─함께 즐기는 거지. 이틀이든, 일주일든, 즐길 수 있을 때까지, 그러다가 ─죽는 거지……

장   죽어요? 바보 같네요! 호텔을 차리는 게 더 낫겠네요!

미스 줄리   (장의 얘기를 듣지 않고) 코모호숫가에서. 항상 햇볕이 비치고, 크리스마스에도 푸른 월계수, 불타는 듯 익어 가는 오렌지 ─

장   코모호수에서는 하늘에서 구멍이 뚫린 듯 비가 내려요. 그리고 식료 잡화점 말고 다른 곳에선 오렌지를 본 적도 없어요.

하지만 여행객에겐 안성맞춤이지요. 연인들한테 빌려주는 별장들이 아주 많이 있으니까요. 그리고 아주 수지가 맞죠. 왠지 아세요—? 반년 계약을 해 놓고는 삼 주 후에 떠나 버리기 때문이죠.

미스 줄리   (순진하게) 삼 주 후에? 왜?

장   당연히 싸워서 그런 거죠. 하지만 어쨌든 집세는 똑같이 내야 해요! 그러고는 집을 다시 세주는 거예요. 그런 식으로 계속, 계속 가는 거예요. 항상 사랑은 충분해요. 물론 오래가진 않지만!

미스 줄리   나와 함께 죽는 건 싫어?

장   난 전혀 죽고 싶지 않아요! 나는 사는 게 좋거든요. 그리고 자살은 우리한테 생명을 선사한 뜻에 반하는 범죄라고 생각해요.

미스 줄리   네가 신을 믿는다고?

장   물론 믿죠! 격주로 일요일에 교회도 가고요. 솔직히 말해서, 이러고 있는 게 지겹네요. 이제 자러 가겠습니다.

미스 줄리   아하, 이 정도로 내가 만족할 거라 생각하는 거야? 남자가 여자를 '농락'했을 때 얼마나 큰 빚을 진 건지 알기나 해?

장   (지갑을 꺼내서 식탁 위에 은화 한 닢을 던진다.) 여기요! 난 빚지고 못사니까!

미스 줄리   (무례함을 알아채지 못한 것처럼) 법 규정에 따르면……

장   유감스럽지만 남자를 유혹한 여성에 대해 법은 아무 말이 없죠.

미스 줄리　도망가서, 결혼식을 올리고 이혼하는 것 외에 다른 탈출구는 없을까?

장　만약 어울리지 않는 결혼을 거부한다면요?

미스 줄리　어울리지 않는 결혼…….

장　네, 아가씨! 제가 아가씨보다 집안이 더 낫죠. 조상 중에 방화범은 없으니까.

미스 줄리　그걸 어떻게 알아?

장　있다는 증거는 있어요? 우린 족보 같은 것도 없고―경찰한테나 좀 있을까! 그런데 저는 응접실에 있는 책으로 묶인 아가씨네 족보를 읽어 봤거든요. 아가씨네 시조가 누구인지 아세요? 방앗간 주인이에요. 왕이 덴마크전쟁 중에 그 방앗간 주인의 부인과 하룻밤 자고 갔거든요. 우리 집안에 그런 귀족은 없어요. 귀족 조상이라곤 아예 없지만, 제 자신이 시조가 될 수도 있죠!

미스 줄리　미천한 하인한테 마음을 열고, 가족의 명예를 저버린 대가가 이건가…….

장　불명예죠! 그것 보세요, 그만 마시라고 했잖아요. 그러니까 말이 많아지죠. 말하시지 *마세요*!

미스 줄리　아, 너무 후회돼!―정말 후회돼!―적어도 날 사랑하기만 했었다면!

장　마지막으로 묻죠 ―저한테 뭘 원하세요? 제가 울까요, 채찍이라도 뛰어넘을까요, 키스를 해 드릴까요, 삼 주 동안 코모 호수로 가자고 꾈까요, 아니면…… 어떻게 할까요? 뭘 원하세요? 정말 난처하기 시작하네요! 여자 문제로 얽히면 항상 이런 식이에요. 줄리 아가씨! 아주 불행해 보여요. 그리고 괴로운 것도 알겠어요. 하지만 난 아가씨를 도대체 이해할 수가 없어요. 우리는 그렇게 허세 부리지도 않고, 서로 미워하지도 않아요! 사랑도 일하다가 짬 날 때 하는 오락 같은 거예요. 아가씨 같은 사람들처럼 밤낮으로 붙들고 있지 않아요. 아가씨는 아픈 거예요. 그리고 아가씨 어머니도 분명히 미친 거였어요. 국민 부흥'으로 온 지역이 혼란스러웠잖아요. 그리고 그런 것도 일종의 국민 부흥이라고요! 요즘 불이 붙기 시작한!

미스 줄리 나한테 친절하게 대해 줘. 인간답게 좀 대해 줘.

장 알았어요, 그럼 인간답게 구세요! 나한테 침을 뱉어 놓고, 내가 좀 닦지도 못하는 겁니까?

미스 줄리 도와줘. 날 도와줘. 그냥 내가 어떻게 하면 되는지만 말해 줘. 어디로 가야 해?

장 참 나, 내가 어떻게 알아요!

미스 줄리 미쳤었어, 그래 완전히 미쳤었어. 그런데 탈출구가 없다는 거야?

장 그냥 여기 계시고 입 다무세요. 아무도 몰라요.

미스 줄리 그럴 리가 없어! 하인들이 알 거야, 크리스틴도.

장 모를 거예요. 어찌 됐건 믿지도 않을 거고요.

미스 줄리 하지만—또 그럴 수도 있잖아!

장 맞아요!

미스 줄리 그럼 어떻게 되는 건데?

장   (놀라며) 어떻게 되냐고요! 왜 그 생각을 못 했지? 좋아요, 그렇다면 답은 하나예요 — 떠나요! 지금 당장! 나는 같이 갈 수 없어요, 그건 모두 망하는 길이니까. 아가씨는 혼자 떠나야 해요, 멀리 어디든요!

미스 줄리   혼자? 어디로? 난 할 수 없어!

장   떠나야 해요! 백작님이 돌아오시기 전에. 만약 떠나지 않는다면 어떻게 될지 아시잖아요! 한 번 잘못한 시점에서 이미 상처가 생겼으니, 계속하게 될 거고—그러다 보면 점점 더 대담해지고—그러다 보면 결국 들키게 될 거예요. 그러니까 떠나세요! 그런 다음 백작님한테 편지로 모든 걸 밝히세요. 그게 나라는 것만 빼고요! 그러면 절대 모르실 거예요! 누구인지 찾아내려고 눈에 불을 켜지는 않을 거예요!

미스 줄리   너도 같이 간다면 갈게!

장   제정신이세요? 줄리 아가씨가 남자 하인하고 도주했다! 모레면 온 신문에 날 거고, 백작님도 절대로 버티실 수 없을 거예요!

미스 줄리   떠날 수 없어! 머물 수도 없어! 날 좀 도와줘! 너무 피곤해, 정말 끔찍하게 피곤해! 나한테 명령을 내려! 아무 생각도 못 하겠고 행동할 수도 없어. 내가 움직일 수 있게 해 줘!

장   지금 자신이 얼마나 한심한 줄 아세요? 그러면서 왜 하늘 높은 줄 모르고 창조주인 것처럼 우쭐거리는 건지! 좋아요. 내가 명령할게요! 어서 올라가서 옷을 갈아입어요. 여행 경비를 챙겨서 내려와요!

미스 줄리 (목소리를 반쯤 낮추며) 같이 가!

장 아가씨 방에요? 또다시 미쳤군요! (잠시 주저한다.) 안 돼
요! 가세요! 당장! (그녀의 손을 잡아서 밖으로 끌어낸다.)

미스 줄리 (멀어져 가면서) 장, 내게 좀 친절하게 말해 줘!

장 명령은 항상 딱딱하게 들리는 법이에요. 이젠 아시겠죠.

장이 혼자 남는다. 안도의 한숨을 내쉰다. 식탁 앞에 앉는다. 노트와
펜을 꺼낸다. 가끔씩 소리 내서 계산을 한다. 크리스틴이 교회 갈 차
림의 진한 드레스를 입고 들어올 때까지 무언의 표정 연기를 한다.
크리스틴의 손에는 남자용 와이셔츠 가슴판*과 흰색 넥타이가 들려
있다.

크리스틴 세상에 난장판이군! 대체 무슨 모의들을 한 거야!

장 아, 아가씨가 사람들을 끌어들여서. 푹 잤어? 아무 소리도
못 들었어?

크리스틴 아주 곯아떨어졌었어.

장 벌써 교회 갈 차림이네?

크리스틴 그럼! 오늘 같이 성찬식 가기로 약속했잖아!

장 맞아, 그랬었지! ― 그래서 예복을 가져왔군. 해 줘!

장이 앉는다. 크리스틴이 그에게 와이셔츠 가슴판을 해 주고 흰색 넥
타이를 매준다.

사이

장 (졸린 듯) 오늘 복음은 뭐지?

크리스틴 세례 요한의 참수 부분일 거야, 아마도.˙

장 이런, 거기 엄청 길잖아! ─ 아아 목 졸라 죽이겠어! ─ 아
  나 너무 졸린데, 너무 졸려!

크리스틴 그렇겠지, 대체 밤새 뭘 한 거야? 얼굴이 완전 누렇게
  떴는데?

장 여기 앉아서 줄리 아가씨하고 얘기했어.

크리스틴 하여튼 정도를 몰라, 그 사람은!

사이

장 있잖아, 크리스틴.

크리스틴 응?

장 생각해 보니까 좀 이상하단 말이야. 아가씨 말이야.

크리스틴 뭐가 이상해?

장 전부!

사이

크리스틴 (식탁에 반쯤 비어 있는 유리잔을 쳐다본다.) 같이 술
  도 마셨어?

장 응.

크리스틴 부끄럽지도 않아! 내 눈 똑바로 봐!

장 응.

크리스틴 말이 돼? 말이 *되냐고*?

장 (심사숙고한 후) 응.

크리스틴 기가 막혀! 말도 안 돼! 부끄러운 줄 알아야지!

장 아가씨한테 질투하는 건 아니지?

크리스틴 아가씨라면 아니야! 클라라나 소피였다면 몰라도. 그랬으면 내가 네 눈을 찢어 놨을 거야! 그렇지만 아가씨라면 ─ 아니야. 왠지 모르지만. ─ 그렇지만 구역질 나!

장 그럼 아가씨한테 화난 건가?

크리스틴 아니, 너한테! 못된 짓이야, 정말 못된 짓을 저질렀어! 가엾은 아가씨! ─ 근데 누구나 알아. 나는 주인을 존경할 수 없는 집에선 머물고 싶지 않아.

장 왜 그들을 존경해야 하지?

크리스틴 아, 네가 또 모르는 게 없잖아? 네가 한번 말해 봐. 상스럽게 행동하는 사람을 위해선 일하고 싶지 않잖아? 그렇지 않아? 난 그게 자기 얼굴에도 똥칠하는 거 같은데.

장 맞아. 그렇지만 주인들이 우리보다 더 나은 게 없다는 걸 아는 건 위안이 되잖아.

크리스틴 아니, 난 그렇게 생각 안 해. 그들이 더 나을 것이 없다면, 우리가 그들처럼 되려고 노력할 이유가 없어. ─ 백작님을 생각해 봐! 일생 동안 슬픈 일을 얼마나 많이 당하셨어! 세상에! 아니야, 난 더 이상 여기 있지 않을 거야! ─ 어떻게 너 같은 하인하고! 만약 변호사였으면, 아니면, 더 나은…….

장 누가 되야 하는데?

크리스틴 아 그래! 너도 나름 괜찮은 편인 것 같지만 어쨌든 사람과 짐승 사이에는 차이가 있는 법이야. ─ 그래, 이 일은 절대로 잊어버릴 수 없어! ─ 남자들한테 그렇게 도도하고, 냉담하던 아가씨가 그런 식으로 몸을 내주리라곤 생각도 못 했어. 경비 아저씨네 개를 뒤따라 나갔다고 디아나를 거의 쏴 죽이려고 했잖아! ─ 그래, 이제 말하겠어! ─ 더 이상 여기 있지 않을 거야. 10월 24일에 떠날 거야!

장 그다음엔?

크리스틴 그래, 말이 나왔으니까 말인데, 너도 뭔가 찾아볼 때가 되지 않았어? 이제 우리가 결혼할 테니까.

장 뭘 찾으란 거야? 결혼하면 이런 일자린 못 구해.

크리스틴 그래, 그렇지. 경비 일이나 관공서에서 관리인 자리를 신청하면 되잖아. 수당이 아주 좋은 건 아니지만, 안정적이고 아내와 아이들도 연금을 받게 되고…….

장 (얼굴을 찡그리며) 다 좋긴 한데, 적어도 아직은 처자식을 위해 죽는 건 내 분야가 아니야. 솔직히 말해서 난 좀 더 높은 포부를 가지고 있어!

크리스틴 포부? 책임도 있잖아! 그 생각을 해야지!

장 책임 운운하면서 짜증 나게 하지 마. 내가 해야 할 일은 나도 잘 알고 있으니까! (밖으로 귀를 기울이며) 이 문제는 시간을 두고 좀 생각해 보자. ― 가서 준비해. 교회 가야지.

크리스틴 위에서 누가 돌아다니는 거지?

장 몰라. 클라라 아닌가.

크리스틴 백작님은 분명히 아니겠지, 집에 오셨다는 소리를 듣지 못했잖아?

장 (두려워하며) 백작님? 응, 그럴 리가 있나. 그랬다면 종을 울리셨겠지!

크리스틴 아, 주님 도와주세요. 이런 일에 휘말린 적은 한 번도 없었는데!

해가 떠올라서 공원의 나무 꼭대기를 비춘다. 빛이 천천히 움직이더니 창문을 통해 비스듬히 들어온다.

미스 줄리 (여행복 차림의 미스 줄리가 수건으로 덮은 작은 새장을 가지고 들어와서 의자에 올려놓는다.) 난 준비됐어.

장 조용히 해요! 크리스틴이 깼어요!

미스 줄리 (극도로 긴장해서 다음 대화를 이어 간다.) 크리스틴이 의심하는 것 같아?

장 아무것도 몰라요! 세상에, 이게 무슨 꼴이에요!

미스 줄리 뭐가?

장 시체처럼 창백해요. 그리고―미안하지만, 얼굴도 더럽고.

미스 줄리 그럼 씻을게. (미스 줄리가 세면대로 가서 얼굴과 손을 씻는다.) 됐지. 수건 좀 줘! 아 ― 해가 떴어.

장   그러면 트롤의 마법이 풀리죠!'

미스 줄리   맞아, 우린 밤새 마법에 홀려 있었던 거야. 분명 그런 거야. 그런데 장, 내 말 들어 봐! 우리 같이 가자. 지금 돈을 좀 챙겨 왔어!

장   (주저하며) 충분해요?

미스 줄리   처음 시작하는 덴 충분해! 같이 가자. 오늘 나 혼자 떠날 순 없어. 생각해 봐. 하지절, 승객으로 꽉 찬 기차에, 사람들은 다 날 쳐다보고. 마음은 급한데, 정거장마다 서고―아니야, 난 못해, 할 수 없어! 또 추억이 떠오를 거고. 어린 시절 하지절의 기억들. 자작나무 잎과 라일락 꽃으로 장식된 교회. 잘 차려진 저녁 만찬, 친척들, 친구들. 오후엔 공원에서의 춤, 음악, 꽃, 놀이! 아, 아무리 달아나려 해도, 추억이, 후회와 죄책감이 화물칸에서 뒤따라오고!

장   같이 갈게요. 당장 지금요. 더 늦기 전에. 지금 바로요!

미스 줄리   그래! 그럼 어서 옷 입어! (새장을 잡는다.)

장   그런데 짐은 안 돼요! 들키게 될 거예요!

미스 줄리   아니, 아무것도 아니야. 그냥 갖고 타면 되는 거야.

장   (자신의 모자를 잡고) 무슨 짐인데 그래요? 뭐예요?

미스 줄리   그냥 내 검은 방울새야! 두고 갈 수 없어!

장   세상에 이게 무슨! 지금 새장을 가져가시겠다! 진짜 미쳤군요! 그거 내려놔요!

미스 줄리   집에서 가져가는 내 유일한 추억이야! 디아나가 날 배신하고 나서 날 유일하게 사랑해 준 동물이야! 너무 잔인하게 그러지 마! 데려갈 거야!

장   그거 내려놓으라고 하잖아요. 큰 소릴 내지 마요 — 크리스틴이 듣겠어요!

미스 줄리   다른 사람의 손에 넘길 수 없어! 차라리 죽여!

장   그놈 이리 줘요, 내가 목을 비틀어 버릴 테니까!

미스 줄리   알았어, 그런데 아프게는 하지마. 아니--- 안 돼, 못하겠어!

장   이리 내놔요. 내가 할 테니까!

미스 줄리   (새장에서 새를 꺼내 그것에 입을 맞춘다.) 아, 불쌍한 세리네, 이제 네 주인을 놔두고 죽을 거니?

장   제발 추태 좀 부리지 마요. 아가씨 목숨과 행복이 걸린 문제예요! 줘요, 빨리! (미스 줄리에게서 새를 빼앗는다. 장작을 팰 때 사용하는 나무로 된 밑받침으로 옮겨 놓고는 도끼를 잡는다.)

미스 줄리   (몸을 돌려 버린다.)

장   아가씨는 총쏘기 대신 닭 잡는 법을 배웠어야 했는데 — (내리친다.) — 그랬으면 피 한 방울에 기절할 정도는 아니었을 거예요.

미스 줄리   나도 죽여! 날 죽여! 눈 하나 깜짝하지 않고 죄 없는 동물을 죽이다니. 오, 난 네가 싫어, 혐오스러워. 내가 너와 함께 피를 묻히다니! 너를 처음 본 순간이 저주스러워. 내가 어머니의 뱃속에 잉태된 순간이 저주스러워!

장   저주한들 무슨 소용 있겠어요! 이제 가요!

미스 줄리　(자신도 모르게 나무 밑받침으로 이끌리듯 가까이 다가간다.) 아니야, 아직 가기 싫어. 갈 수 없어---봐야겠어---조용히 해 봐! 밖에 마차가 오나 봐. (온통 밖에 귀를 기울이는 동안 미스 줄리는 나무 밑받침과 도끼에 눈이 고정되어 있다.) 내가 피를 못 볼 줄 알아! 내가 그렇게 약해 빠진 거 같아? --- 아 ─ 저기에 있는 게 네놈의 피, 네놈의 머리였으면 ─ 남자들이 전부 저 피바다에서 허우적대는 꼴을 봤으면 --- 네 해골로 술을 마시고, 네 내장 속에 발을 휘젓고, 네 심장을 구워서 먹을 수도 있어! ─ 내가 약하다고 생각하지. 내 자궁이 네 정액을 욕망했기 때문에 내가 너를 사랑한다고 생각해? 내 심장 아래에 네 새끼를 두고 내 피로 먹여 키우길 원한다고 생각해? ─ 네 자식을 낳고 네 성을 붙이고? ─ 근데, 너 성이 뭐지? ─ 전혀 들어본 적이 없네 ─ 아마 없겠지. '수위' 마누라나 '똥치기' 부인이 될 뻔했네 ─ 넌 내 목걸이를 매고 있는 개야. 내 문장이 찍힌 옷을 입은 종이야. ─ 내 요리사랑 나눠 갖는다고? 내 하녀하고 경쟁을 한다고? ─ 아! 아! 아! ─ 내가 겁쟁이라 도망치고 싶은 거 같아! 아니, 난 안 가 ─ 난리가 나겠지! 아버지께서 집에 돌아오시면 ─ 서랍*이 부서진 걸 발견할 거야 ─ 돈도 없어지고 ─ 그러면 종을 울리시겠지 ─ 저 종으로 ─ 두 번 울려서 남자 하인을 호출하시겠지 ─ 그러고는 경찰이 오면 나는 모든 걸 말할 거야! 전부! 아 괜찮은 결말이야 ─ 그렇게만 끝났으면 ─ 그러다가 아버지는 뇌출혈로 쓰러져서 돌아가시겠

86

지! — 그렇게 우리 전부 끝장나는 거지 — 그러고는 조용하고 평화로운 영원한 휴식 — 그리고 가문은 관과 함께 박살이 나고 작위는 사라질 거야. 하인의 핏줄은 고아원에서 명맥을 잇겠지. — 시궁창 속의 월계관을 쓰고 좋아하다 결국 감방에서 끝날 거야!

장 귀족다운 연설입니다! 브라보, 줄리 아가씨! 방앗간 주인은 이제 그냥 쉽게 하시죠!'

크리스틴, 손에 찬송가 책을 들고 교회 갈 차림으로 들어온다.

미스 줄리 (마치 피난처라도 찾으려는 것처럼, 크리스틴에게로 서둘러 달려가더니 그녀의 팔에 안긴다.) 크리스틴 도와줘! 이 사람 좀 막아 줘!

크리스틴 (움직임 없이 냉정하다.) 명절날 아침에 이게 무슨 꼴불견입니까! (나무 밑받침을 본다.) 여기도 더럽혀 놨네! 이게 도대체 어떻게 된 일입니까? 비명에, 고함소리에?

미스 줄리 크리스틴! 너도 여자고 내 친구지. 이놈 믿지 마!

장 (기대에 어긋난 듯) 말씀 나누시는 동안 저는 들어가서 면도나 해야겠네요. (오른쪽으로 빠져나간다.)

미스 줄리 날 이해해 줘! 내 말 좀 들어줘!

크리스틴 아니요, 듣기 싫고 이해도 못 하겠습니다. 이런 추잡한 건 도저히 이해가 안 돼요. 이렇게 차려입고 어딜 가려고요? — 장은 모자까지 쓰고 — 네?

미스 줄리 크리스틴 들어 봐, 내 말 좀 들어 봐. 내가 다 설명할게.---

크리스틴 아무것도 알고 싶지 않아요.---

미스 줄리 진짜 들어야 돼.---

크리스틴 뭘요? 장하고 한 말도 안 되는 짓요? 그래요, 저하곤 전혀 상관없고, 관심도 없어요. 하지만 저 사람을 속여서 같이 달아날 생각이라면, 그건 당장 막을 거예요!

미스 줄리 (극도로 긴장하며) 크리스틴 좀 진정하고 내 말 들어 봐! 난 여기에 있을 수 없고 장도 마찬가지야 ― 그러니까 우린 떠나야만 해…….

크리스틴 흠, 흠!

미스 줄리 근데 있잖아, 방금 좋은 생각이 났어 ― 우리 셋이 모두 떠나는 거야 ― 외국으로 ― 스위스로 가서 같이 호텔을 여는 거야 ― 이것 봐 나한테 돈이 있어. 그리고 장과 내가 전체 경영을 맡고. 넌, 보자, 주방을 맡으면 돼. 정말 좋지 않아! 자, 이제 알겠다고 말해! 우리하고 같이 가겠다면 만반의 준비는 돼 있어! 그러니까 가겠다고 말해! (크리스틴을 포옹하고 그녀를 쓰다듬는다.)

크리스틴 (냉정하고 신중하게) 흠, 흠!

미스 줄리 (매우 빠른 속도로) 크리스틴, 한 번도 외국에 나가 본 적 없지 ― 너도 나가서 세상을 둘러봐야 해 ― 기차 타고 여행하는 게 얼마나 즐거운데 ― 끊임없는 새로운 사람들, 새로운 나라들 ― 같이 함부르크에 들러 동물원 구경도

하자, 좋아할 거야 ― 그리고 극장에 가서 오페라를 보는 거야 ― 뮌헨에 가면 미술관이 많아 ― 그 ― 루벤스랑 라파엘이랑 미술계의 거장들이 있잖아, 알지 ― 뮌헨에 루드비히왕이 살았다는 것은 들어 봤을 거야 ― 그 미친 왕 있잖아 ― 그 왕의 성을 구경하자 ― 몇몇 성은 정말 동화에서 나올 것 같이 생겼어. 그리고 거긴 스위스랑 가까워! ― 알프스 말이야, 크리스틴 ― 생각해 봐. 한여름에 눈이 덮여 있는 알프스를, 거기에 오렌지가 자라고 월계수는 일 년 내내 푸르고.---

오른쪽 배경막에는 가죽끈에 면도칼을 갈고 있는 장의 모습이 보인다. 그는 왼손과 이빨로 가죽끈을 꽉 잡고 있다. 만족스러운 듯 대화를 들으면서 가끔씩 공감의 표시로 고개를 끄떡인다.

미스 줄리　(빠른 속도로) 그리고 거기에 호텔을 열자! 나는 계산대에 앉아 있고, 장은 손님을 받고 ― 내가 나가서 장을 보고, 편지도 쓰고 ― 정말 멋진 인생이 될 것 같지 않아? 기차 기적 소리가 울리고, 버스들이 호텔에 도착하고, 모든 층에서, 식당에서 벨이 울려대고, ― 나는 계산서를 쓰고 바가지를 씌울 거야 ― 돈을 낼 때가 되면 여행객들이 얼마나 소심해지는지 넌 모를 거야! 그리고 넌 ― 너는 주방에 그냥 여왕처럼 앉아만 있어. 직접 요리할 필요도 없어 ― 너는 손님들 앞에서 멋지고 깔끔하게 차려입고 있기만 하면 돼 ―

예쁘잖아 ─ 아부하는 게 아냐. 어느 날 남편감을 잡을 수도 있을 거야! 돈 많은 영국 남자, 알지 ─ 잡기가 아주 쉬워. (속도를 줄인다.) 그렇게 우린 부자가 되는 거야. 그리고 코모호수에 저택을 짓는 거야. 물론 거기도 가끔 비가 내리겠지만 (깜빡 존다.) 언젠가 해도 날 거야 --- 비록 어둡긴 하겠지만 ─ 그리고 ─ 그러니까 ─ 아니면, 언제든 다시 집으로 올 수도 있어. 다시 오는 거야 (사이) --- 여기로, 아니면 다른 곳 아무데나 ─.

크리스틴 줄리 아가씨, 정말 그걸 다 믿으세요?

미스 줄리 (파멸된 듯) 믿냐고?

크리스틴 네!

미스 줄리 (피곤한 듯) 모르겠어. 이제 아무것도 안 믿어. (부엌 의자에 주저앉는다. 식탁에 두 팔을 올리고 팔 사이에 머리를 파묻는다.) 아무것도! 모두!

크리스틴 (장이 서 있는 오른쪽으로 몸을 돌린다.) 그래, 도망치려고 한 거야?

장 (실망하며, 식탁에 면도칼을 내려놓는다.) 도망간다니? 그건 좀 과장이고. 아가씨의 계획에 대해 들었잖아. 아가씨가 지금 밤을 새서 좀 피곤하시지만, 잘될 수 있을 것 같은데.

크리스틴 잘 들어! 너 내가 저런 사람 밑에서…….

장 (날카롭게) 주인 아가씨 앞에서 얘기할 때 말 조심해! 아직 네가 모시는 분이야. 알았어?

크리스틴 주인이라고!

장 그래!

크리스틴 말하는 것 좀 봐!

장 그래, 좀 봐봐, 넌 그럴 필요가 있어, 입 좀 다물고! 아가씨는 네 주인이니까, 네가 아가씨를 경멸하는 건 너 스스로를 경멸하게 되는 거야!

크리스틴 난 늘 스스로에 대해 충분히 존중해 왔어.---

장 그래서 다른 사람들을 업신여기는 거야!

크리스틴 그래서 내 품위를 추락시키지 않는 거지. 백작님의 요리사한테 나쁜 소문이 있었거나 개 같은 하인이라는 말이 있었다면 와서 얘기해 봐! 한 번 얘기해 보라고!

장 그래, 그래서 아주 멋진 남자를 잡았네.

크리스틴 맞아, 마구간에서 백작님의 귀리를 팔아먹는 멋진 남잘 잡았네.---

장 남 말 하네. 향신료 살 때 뒷돈 챙기고, 정육점에서 뇌물받아 처먹은 게 누군데!

크리스틴 뭐라고?

장 그러면서 주인을 존경 못 하겠다고 말하는 거야! 너, 너, 너!

크리스틴 이제 교회에나 갈까? 그런 위업을 세운 후엔 좋은 설교를 들어야지!

장 아니, 오늘은 안 가. 혼자 가서 자기 죄나 고해!

크리스틴 그래, 그럴게. 그리고 네 몫의 죄까지 용서받고 나서 집에 올 거야! 구주께서 우리의 모든 죄를 위해서 십자가에 못박혀 고통받다가 돌아가셨어. 믿음과 속죄하는 마음으로 그 분께 의지하면 우리의 모든 죄를 떠맡아 주셔.

미스 줄리 그렇게 생각해, 크리스틴?

크리스틴 제가 여기에 서 있는 것만큼이나 자명한 믿음이에요. 제 어린 시절부터의 믿음이고, 이제껏 간직해 왔어요, 줄리 아가씨. 세상은 죄로 넘쳐 나고, 하나님의 은총도 가득 넘쳐 나요!

미스 줄리 아, 만약 나한테 너 같은 믿음이 있었다면! 아, 그렇다면…….

크리스틴 맞아요, 아무에게나 주어지는 게 아니에요. 믿음을 얻는 것도 하나님의 특별한 은총이죠.---

미스 줄리 어떤 사람들한테 그게 주어지는데?

크리스틴 그게 바로 은총의 커다란 비밀이랍니다. 아시잖아요, 아가씨. 그리고 주님은 사람을 차별하지 않고, 먼저 된 자로서 나중 되고, 나중 된 자로서 먼저 될 자가 많으리라.*

미스 줄리 그래, 근데 나중 된 자를 고려한단 말이지?

크리스틴 (계속한다.) 낙타가 바늘 구멍으로 들어가는 것이 부자가 주님의 나라에 들어가는 것보다 쉬워요!* 얘기인즉슨 그렇단 말입니다, 줄리 아가씨! 음, 전 이제 혼자서 가야겠네요. 그리고 가는 길에 마구간 하인한테 전하지요. 백작님이 집에 오시기 전에 누군가 떠나려고 한다면 말을 내어 주지 말라고요. 안녕히 계세요! (간다.)

장 못된 년! 방울새 하나 때문에 이게 뭐야!

미스 줄리   (몸이 무거워진 듯) 방울새는 놔둬! 빠져나갈 방법이 없을까, 끝낼 방법이?

장   (곰곰이 생각한다.) 없어요!

미스 줄리   내 입장이라면 넌 어떻게 할 거야?

장   아가씨 입장이요? 잠깐만요! 귀족 태생의 아가씨가, 추락해 버렸다. 모르겠어요 — 아! 이제 알겠어요.

미스 줄리   (면도칼을 잡고는 몸짓을 한다.) 이렇게?

장   네! 하지만 말해 두는데, *저는 안 할 거예요.* — 우린 다르니까!

미스 줄리   넌 남자고 난 여자니까? 대체 뭐가 다른데?

장   그거예요. 여자와 남자의 차이!

미스 줄리   (손에 칼을 들며) 하고 싶어! 근데 할 수가 없어! 아버지도 못 했는데, 그때 아버지가 하셨다면!

장   아버님께선 할 수 없었죠! 먼저 복수를 해야 했으니까!

미스 줄리   그럼 이제 어머니가 날 통해서 복수를 하는 거군.

장   아가씨, 아버님을 사랑한 적은 있었나요?

미스 줄리   사랑했지, 정말 많이. 그렇지만 동시에 증오했어. 의식하진 못했지만 분명 그랬을 거야. 내 자신의 여성성을 혐오하도록 키우신 게 아버지셨어. 반은 여성 그리고 반은 남성으로! 이게 누구의 잘못이지? 아버지? 어머니? 아니면 나? 내 잘못? 나 자신이라는 것도 없었는데? 내 모든 생각은 아버지에게서 받았고, 모든 감정은 어머니에게서 받았어, 그리고 모든 사람은 평등하다는 말은 — 내 약혼자인 그에게서 배웠어. 그래서 나쁜 사람이라고 한 거야! 그러니 어떻게 내 잘못일 수 있지? 크리스틴이 한 것처럼 예수에게 모든 걸 떠넘겨? ─ 아니, 지적인 아버지 덕분에 너무 똑똑하고 오만하게 구는 거지. 부자는 천국에 들어갈 수 없다는 거, 그건 다 거짓말이야. 그러면 은행에 돈이 있는 크리스틴도 그리로 가지는 못하는 거야? 그럼 누구의 잘못이지? 누구 잘못이든 무슨 상관이야. 어쨌든 비난받고 결과를 감수해야 하는 건 나인데.

장   네, 하지만.---

날카로운 종소리가 두 번 울린다. 미스 줄리가 벌떡 일어난다. 장은 오버코트를 갈아입는다.

장   백작님이 오셨어요! 혹시 크리스틴이.--- (전성관으로 간다. 두드리고 귀를 댄다.)

미스 줄리   책상을 확인하셨을까?

장   장입니다! 네, 백작님! [듣는다. (주의: 관객은 백작이 뭐라고 말하는지 듣지 못한다.)] 네, 백작님! (듣는다.) 네, 백작님! 즉시 대령하겠습니다! (듣는다.) 아, 네! 삼십 분 안으로!

미스 줄리   (극도로 불안해하며) 뭐라셔? 맙소사, 뭐라고 하셨어?

장   삼십 분 안으로 부츠와 커피를 가져오라고 하셨어요!

94

미스 줄리   그러니까 삼십 분 후! 아, 너무 피곤해. 아무것도 못 하겠어. 후회조차 못 하겠고, 도망도 못 가겠어. 머물지도 못 하고, 살 수도 없어 ― 죽지도 못하겠어! 이제 나 좀 도와줘! 명령을 해, 그럼 내가 개처럼 복종할게! 마지막 시중을 들어 줘. 내 명예를 지키고, 아버지 이름을 구해 줘! 내가 해야 하지만 할 수 없는 그 일을 하라고 말해. 명령을 해!

장   모르겠어요 ― 저도 못 하겠어요 ― 이해가 안 돼요 ― 이 코트가 그렇게 만드는 건지 ― 명령을 못 하겠어요. 지금, 백작님 말씀을 듣고 나니 ― 그러니까 ― 제대로 설명은 못 하겠는데 ― 아, 개 같은 노예근성이 제게 배어 있어요! 지금 백작님이 내려오셔서 제 목을 그으라고 하신다면, 그 자리에서 바로 할 겁니다.

미스 줄리   그러면 네가 아버지고 내가 너인 것처럼 해 봐. 방금 무릎 꿇었을 때도 연기 잘했잖아. 그때 넌 귀족이었지 ― 아니면 ― 극장에서 최면술사를 본 적이 있어? (장이 긍정의 몸짓을 한다.)

최면술사가 "빗자루 잡아!"라고 말하면, 그 대상이 빗자루를 잡고, "쓸어"라고 말하면 쓸고.---

장   그러려면 그 대상이 잠들어 있어야 하죠!

미스 줄리   (무아지경에 빠진 듯) 난 이미 잠들어 있어 ― 온 방에 연기가 끼어 있는 것 같고, 너는 검은 옷에 높은 모자를 쓴 무쇠 난로처럼 보여 ― 네 눈은 꺼져 가는 불 속의 숯처럼 반짝거려 ― 그리고 얼굴은 하얀 재 같아. (이제 햇살이 안으로

들어와 마룻바닥을 비추고 장을 비춘다.) 따스하고, 좋네 ─
(불 앞에서 손을 덥히는 것처럼 손을 반복해서 세게 비빈다.)
아주 밝고 ─ 아주 편안해!

장   (면도칼을 잡아서 그녀의 손에 놓는다.) 여기 빗자루예요!
아직 밝을 때 어서 가요─헛간으로─그리고……. (줄리의 귀
에 속삭인다.)

미스 줄리   (깨어나며) 고마워. 이제 쉬러 갈게. 하지만 하나만
얘기해 줘 ─ 먼저 된 자도 천국의 선물을 받을 수 있다고. 말
해 줘, 네가 믿지 않더라도.

장   먼저 된 자가요? 아뇨, 못 해요! 잠깐만요 ─ 줄리 아가
씨 ─ 이제 알겠어요! 아가씨는 이제 더 이상 먼저 된 자들 가
운데 있지 않아요 ─ 그러니까 아가씨는 ─ 나중 된 자들 가
운데 있어요!

미스 줄리   맞아. 나는 나중 된 자 중에 가장 나중 된 자들 가운데
있어. 내가 제일 끝이야! 아! 갈 수가 없어 ─ 다시 한 번 가라
고 해 줘!

장   아니요, 이제 저도 못 하겠어요! 할 수가 없어요!

미스 줄리   먼저 된 자가 나중 된 자가 될 거라고!

장   생각하지 마세요, 생각하지 마세요! 아가씨가 제 힘을 모두
가져가고 절 겁쟁이로 만들었어요 ─ 뭐지? 아, 종이 울린 줄
알았어요! 아니에요! 종 안을 종이로 틀어막을까요? 종 하나
가 이렇게 무섭다니! 맞아요, 하지만 이건 그냥 종이 아니에
요 ─ 그 뒤에 누군가가 있어요 ─ 손이 종을 울리게 하고 ─

그리고 또 다른 무언가가 그 손을 움직이게 해요. 하지만 귀를 막는 수밖에 없어요 — 그래요, 귀를 막아요! 그러면 종을 더 심하게 울려대겠죠! 누군가 대답할 때까지 울려낼 거예요 — 그러면 너무 늦어요! 그러고는 경찰이 올 거고 — 그러면.---

종이 세차게 두 번 울린다.

장　(별안간 일어서서 자세를 바로잡는다.) 끔찍해요! 하지만 다른 방법이 없어요! 가요!

미스 줄리　(문을 통해 단호하게 밖으로 나간다.)

막.

꿈의 연극

기억 — 작가의 말

작가는 이전에 썼던 꿈의 연극 「다마스쿠스로」와 관련하여, 일관성
은 없지만 논리적으로 보이는 꿈의 형태를 「꿈의 연극」에서 모방하려
고 노력했다. 모든 것이 일어날 수 있으며, 모든 것이 가능하고 진짜
인 것 같다. 시간과 공간은 존재하지 않는다. 전혀 의미 없는 현실 세
계에서 상상들이 흘러나오고 새로운 것들을 만들어 낸다 — 기억들,
경험들, 자유로운 공상들, 불합리한 것들, 그리고 즉흥적인 것들이
서로 한데 어울려 섞인다.

등장인물은 분리되고, 배로 늘어나기도 하고, 역할이 더해지기도 하
고, 사라지기도 하고, 응축되기도 하고, 부유하기도 하고 합치기도
한다. 하지만 단 하나의 의식만이 이 모든 것을 지배한다. 그것은 바
로 몽상가의 의식이다. 그에게는 어떠한 비밀도 없으며, 어떠한 모순
도 없고, 어떠한 양심의 가책이나 어떠한 법도 존재하지 않는다. 그는
평가하지 않으며, 비난하지도 않고, 오로지 관계만 맺는다. 마치 꿈이

대부분 고통스럽고, 그래 봐야 가끔 즐거운 것처럼 혼란스러운 이야기를 관통하는 모든 생명체에는 슬픔과 연민의 색조가 담겨 있다. 구세주인 수면은 종종 거북스러워 보이지만 고통이 가장 심할 때 깨달음이 일어나고 고통받는 사람을 현실과 화해시킨다. 아무리 그 현실이 고통스러울지라도 이 순간만큼은 고통스러운 꿈과 비교하면 즐거움이다.

꿈의 연극 서막

무대배경은 돌이 부서져 있는 성과 무너진 성곽처럼 구름이 그려져 있는 천으로 드리워져 있다.
별들 사이로 사자자리, 처녀자리 그리고 천칭자리가 보이고 그 별들 가운데 목성이 유난히 반짝거리고 있다.

인드라의 딸　(달의 가장 높은 곳에 서 있다.)
인드라의 목소리　(위에서) 내 딸아 어디에 있느냐?
인드라의 딸　여기요, 아버지, 여기요!
인드라의 목소리　길을 잃어버렸는가 보구나, 정신을 차려야지!
　　점점 내려가고 있는데…….
　　어떻게 여기에 있느냐?
인드라의 딸　높은 하늘에서 번뜩이는 번갯불을 쫓아왔어요.
　　구름을 마차 삼아 타고서…….
　　구름이 가라앉았어요, 이제 내려가는 것 같아요.
　　하늘에서 제일 위대하신 아버님, 인드라여 말씀해 주세요.

나는 어떻게 되는 건가요? 숨이 막혀요.

왜 이렇게 숨쉬기가 어려운가요?

인드라의 목소리 너는 두 번째 세상을 지나 세 번째 세상으로 들

어갔단다.

아침 별 슈크라'로부터,

점점 멀어져 가는구나

지구의 대기권으로 표시를 해 두거라

저울이라는 태양계의 일곱 번째 집이란다.

가을이 되면 그곳에 별들이 줄지어 선단다

낮이나 밤이나 똑같이…….

인드라의 딸 이 어두운 곳을 지구라고 그러는군요.

무거운 것 같은데, 여기는 달이 비추고 있나요?

인드라의 목소리 우주를 배회하다 보면

그곳이 가장 비좁고 무거운 곳이란다.

인드라의 딸 왜 여긴 태양이 없나요?

인드라의 목소리 태양이 있기는 하단다. 물론 항상은 아니지

만…….

인드라의 딸 구름의 틈 사이로 내려다보여요…….

인드라의 목소리 아가야, 무엇이 보이느냐?

인드라의 딸 보이는 건…… 아름다운…… 푸른 숲들이에요.

파란 물, 하얀 산들 그리고 누런 밭들도요…….

인드라의 목소리 그래, 브라흐마가 창조해 낸 것이라 아름다울

게다…….

그렇지만 더 아름다울 수도 있었을 텐데

아침 시간에 한 번, 무언가 일어났었는데,

궤도를 이탈했었던가, 아 그게 아니고,

반란이었는데, 진압되어야 했었지…….

인드라의 딸　저 아래에서 소리가 들려와요…….

저 아래에는 어떤 종족이 살고 있나요?

인드라의 목소리　내려가서 보려무나…… 인간들을 나쁘게 말하

고 싶지는 않구나.

위에서 네가 듣고 있는 소리가 저들의 말소리란다.

인드라의 딸　소리가…… 즐거워 기뻐하는 소리 같지 않아요.

인드라의 목소리　그렇단다! 그들이 오직 할 수 있는 말이란

불평이지. 그래! 불만족해하는 소리,

감사함을 모르는 종족들이 바로 지구에 살고 있는 저들이

란다…….

인드라의 딸　그렇게 말씀하지 마세요, 기뻐하는 소리도 들려요,

폭죽과 폭음, 빛이 번쩍이는 모습도 보여요,

종소리도 울리고, 불도 피워 올리고,

수많은 소리들

하늘에 맹세하며 감사하고 있어요……

너무 가혹하게 판단하시는 것 아니세요, 아버지…….

인드라의 목소리　내려가서 보고, 듣고 돌아오렴,

사람들의 불평을 내게 이야기해 주렴

그리고 비통해하는 이유와 원인들도…….

인드라의 딸 제가 내려가는 데까지 따라와 주세요, 아버지!

인드라의 목소리 안 된다, 그곳에선 숨을 쉴 수 없단다…….

인드라의 딸 구름이 가라앉아요. 숨이 막혀요, 숨을 쉴 수가 없어요……

공기가 없어요, 연기와 물에서만 숨을 쉴 수 있잖아요……

무거워요, 자꾸 아래로, 아래로 저를 끌어내려요,

이제 완전히 기울어졌어요,

세 번째 세상이 가장 나쁜 것 같아요…….

인드라의 목소리 물론 가장 좋지는 않지만, 가장 나쁜 것도 아니란다,

저울의 접시라고 불리는 자가 세상을 돌리고 있단다,

그래서 사람들이 어지러움에 사로잡히게 되는 거란다.

정신이상과 중압감 사이에서 ―

아가야 용기를 가지거라, 시험에 지나지 않는단다.

인드라의 딸 (무릎을 꿇는다. 구름이 내려간다.)

점점 가라앉고 있어요!

막이 내린다.

무대 배경은 커다랗게 솟아오른 접시꽃으로 만발해 있는 숲이다. 하얀빛, 분홍빛, 자줏빛, 유황빛, 보랏빛 꽃들로 뒤덮인 접시꽃 숲 너머로 최상부에 왕관 모양 같은 꽃봉오리가 매달려 있는 성의 금빛 지붕이 어렴풋이 눈에 들어온다. 성벽 아래 부분에는 넓게 펼쳐져 흐트러져 있는 마구간의 지푸라기들이 보인다.

전체 극을 위해 설치되어 있는 무대의 이동식 보조 도구는 양식화된 벽화로 방, 건물 그리고 전원 풍경을 한꺼번에 담고 있다.

유리장이와 딸이 무대로 들어선다.

딸　성이 계속 땅에서 위로 자라나고 있어요……. 작년보다 성이 얼마나 커졌는지 보이세요?

유리장이　(혼잣말로) 전에는 저런 성을 본 적이 없는데……
　성이 계속해서 커진다는 말을 들어 본 적도 없고…… 하지만 (확신을 가지고 딸에게) 그래, 120센티는 족히 커졌는 걸. 그런데 거름을 주니까 그런 것 같구나…… 자세히 보면 건물의 한쪽 측면이 해가 있는 쪽으로 죽 내밀어진 것이 보일 거야.

딸 하지가 지나고 나면 바로 꽃들이 피어날 것 같아요.

유리장이 저 위쪽에 꽃이 보이지 않니?

딸 맞아요, 보여요! ― 손뼉을 치며 --- 아버지, 왜 꽃들은 저렇게 지저분한 곳에서 자라 나올까요?

유리장이 (경건하게) 왜냐하면 저런 지저분한 곳에서는 참을 수가 없기 때문이지. 그래서 서둘러 빛을 보려고 나오지만 바로 꽃을 피우자마자 죽음을 맞게 돼!

딸 저 성에 살고 있는 사람이 누구인지 아세요?

유리장이 알았었는데, 기억을 못 하겠구나.

딸 제가 알기로는 저 성에 포로가 한 명 있다고 하던데…… 제가 그 사람을 자유롭게 해 줄 거라고 확신하며 기다리고 있다더군요.

유리장이 어떤 대가로?

딸 타협해서 해결할 필요는 없어요. 성으로 들어가 보죠!---

유리장이 좋아, 그러자꾸나!

★

그들은 양쪽으로 열리는 무대배경 쪽으로 간다.

무대에는 책상 하나와 의자 몇 개만 놓여 있다. 장식이 전혀 없고 꾸밈이 없는 공간이다. 의자에는 이례적으로 현대식 군복을 입은 장교가 앉아 있다. 장교는 의자에서 몸을 앞뒤로 흔들거리며 기병검으로 책상을 치고 있다.

딸   (장교에게로 가서 천천히 그의 손에서 기병검을 잡는다.) 그러지 말아요! 그러지 말아요!

장교   제발 아그네스, 기병검을 가지고 있게 나를 그냥 내버려 둬요!

딸   안 돼요, 당신은 지금 책상을 부수고 있잖아요! (아버지에게) 감옥으로 내려가서 창에 유리를 끼워 놓고 계세요. 그러고 나서 나중에 만나요!

유리장이   (퇴장한다.)

★

딸   당신은 지금 당신 방에 갇혀 있어요. 내가 당신을 풀어 주려고 왔어요.

장교   기다려 오긴 했는데, 당신이 그것을 원했는지는 잘 모르겠어요.

딸   성이 너무나 견고해요. 벽도 일곱 겹으로 되어 있고요. 하지만 — 할 수 있을 거에요! --- 자유를 원해요, 아니면 원하지 않아요?

장교　솔직히 말해서 나는 모르겠어요. 왜냐하면 어떤 식으로든 고통받게 될 테니까요! 인생에 뿌린 모든 씨는 배의 슬픔으로 되돌려 받게 되어 있어요. 이곳에 지금 앉아 있는 것이 어렵겠지만, 만약 달콤한 자유를 얻는다면, 그것으로 나는 배의 쓴 고통을 받게 될 거예요. 아그네스, 그냥 남아 있을까 봐요, 다만 당신을 보고 있게 해 주세요!

딸　나에게서 무엇이 보여요?

장교　우주 만물의 조화인 아름다움이요 ― 그것은 태양계의 선상에서, 아름다운 운율에서, 빛의 진동에서만 찾아볼 수 있는 당신의 몸짓이 머물고 간 자리에 있어요. 당신은 하늘의 자식이에요…….

딸　당신도예요!

장교　그러면 왜 내가 말들을 지키고 있어야 하죠? 왜 내가 마구간을 돌보며 이 지푸라기들을 치워야 하느냔 말이에요?

딸　왜냐하면 당신은 애타게 그곳에서 벗어나려고 하니까요!

장교　물론 바라고 있지만, 벗어나는 건 너무나 어려운 일이에요!

딸　그렇지만 빛 속에서 자유를 찾는 것은 의무라고요!

장교　의무라고요? 삶이 내게 의무를 시인한 적은 한 번도 없었어요!

딸　당신은 삶 때문에 상처를 많이 받았군요?

장교　맞아요! 너무 불공평해요…….

★

배경막 뒤편에서 목소리가 들리고, 곧 배경막이 치워진다. 장교와 딸이 그쪽을 바라보고, 경직된 몸짓과 얼굴 표정을 하며 멈춰 선다.
탁자 옆에 병든 노모가 앉아 있다. 그녀 앞에는 수지 양초가 타오르고 있다. 이따금 그녀는 심지 자르는 가위로 그것을 다듬는다. 책상 위에는 새로 짜고 있는 스웨터 더미가 놓여 있는데 그녀가 거위 깃펜에 잉크를 묻혀 표시한다. 왼쪽에는 갈색 옷장이 있다.
노부가 실크 만틸라*를 건넨다.

노부 (부드럽게) 이거 안 하겠소?

노모 당신이 나에게 실크 만틸라를 준다고요? 곧 죽을 텐데 받아서 언제 쓰게요?

노부 의사가 하는 말을 믿소?

노모 그가 뭐라고 하든 내가 믿는 건 바로 여기 내 마음속에서 들려오는 목소리예요.

노부 (슬픔에 잠기며) 그러면 정말 심각한 거요? --- 당신은 처음부터 끝까지 자식들만 생각하지!

노모 그게 제 인생이었어요! 나의 권리고…… 나의 기쁨, 그리고 나의 슬픔…….

노부 크리스티나, 미안해요…… 전부.

노모 근데 뭐가요? 여보, 미안해요. 우리는 평생 서로 괴롭혀 왔어요. 왜일까요? 우리 두 사람 다 몰라요! 다른 것은 할 수가 없었어요! --- 그건 그렇고, 여기 아이들에게 줄 새 속옷들이 있어요…… 수요일과 일요일 적어도 일주일에 두 번은 갈아입게 하고 로비사에게 아이들을 ― 몸 전체를 ― 목욕시키라고 하세요. 나가실 거예요?

노부 관청에 일이 있어 올라가 봐야 해! 열한 시에!

노모 당신, 가시기 전에 알프레드한테 이리로 오라고 해 주세요!

노부 (장교를 가리키며) 저기 서 있잖아, 우리 아들!

노모 내 모습이 점점 더 나빠지고 있어요…… 맞아요 어두워지고 있어요…… (심지를 다듬는다.) 알프레드! 이리 오렴!

★

노부 (작별의 몸짓으로 고개를 끄떡이며 벽 중앙을 통과해 나간다.)

★

장교 (노모 앞으로 다가간다.)

노모 저기 여자는 누구냐?

장교 (속삭이며) 아그네스예요!

노모 아, 저 여자가 아그네스냐? 사람들이 뭐라고 그러는지 아느냐? ― 저 여자는 사람들이 현실에서 어떻게 살고 있는

지 살펴보기 위해서 땅으로 내려보낸 인드라 신의 딸이라는 구나--- 그런데 아무 말도 하지 말아라!---

장교 신의 자녀로군요!

노모 (크게) 우리 알프레드, 나는 곧 너와 네 형제들을 떠나게 될 것 같구나…… 인생에 대해서 네게 한마디 해 주고 싶은 것이 있단다!

장교 (슬픔에 잠겨) 말해 보세요, 어머니!

노모 한마디만 하자면, 신에게 불평하지 말아라!

장교 무슨 말씀하시는 거예요, 어머니?

노모 살면서 늘 상처와 해를 입었다고 생각하지 말아라.

장교 그렇지만 제가 불공평한 대우를 받는다면…….

노모 나중에 찾게 된 동전을 네가 가졌다고 부당하게 벌을 받았던 것을 생각하는 모양이구나!

장교 예! 그러한 부당함은 그 이후로 제 인생 전체를 빗나가게 했어요…….

노모 그래! 그렇지만 저쪽에 있는 옷장에 가 봐라…….

장교 (부끄러워하며) 그러면 알고 계셨군요! 그게…….

노모 스위스의 로빈슨 가족'이라는 사람…… 그들처럼…….

장교 더 이상 얘기하지 마세요!

노모 네 형이 그것 때문에 벌을 받았지…… 네가 숨겨둔 것 때문에!

장교 이십 년 뒤에도 옷장이 어떻게 저기 남아 있을 수가 있어요…… 수없이 이사를 다녔잖아요. 그리고 제 어머니는 십 년 전에 이미 돌아가셨는데!

노모   그래, 그게 어쨌다는 거냐? 너는 모든 걸 문제 삼아서 네게 가장 좋은 인생의 기회를 파멸시키고 있는 거야!--- 저기 리나가 왔구나.

★

리나   (입장한다.) 사모님 고맙습니다. 뭐라고 감사의 말씀을 드려야 할지 모르겠어요. 그런데 세례식에 갈 수가 없을 것 같아요…….

노모   얘야, 무엇 때문에 그러느냐?

리나   걸칠 게 아무것도 없잖아요?

노모   여기 내 만틸라가 있는데 빌려 가려무나!

리나   아니에요, 사모님. 그러실 필요 없어요!

노모   이해를 못 하겠구나! 이제 더 이상 앞으로 권할 수도 없을 텐데…….

★

장교   아버지에겐 뭐라고 하실 거에요? 그건 아버지가 선물하신 거잖아요…….

노모   속 좁은 사람 같으니…….

★

노부   (머리를 안으로 내밀며) 내가 준 선물을 하녀한테 빌려줄 생각이오?

노모   그렇게 말하지 마세요…… 기억 안 나세요, 나도 한때 가정부였잖아요. 왜 아무 죄 없는 사람을 그런 식으로 상처 주려 하세요?

노부   당신의 남편인 나를 왜 마음 아프게 하는 거요…….

노모   휴, 인생이 그렇지! 무언가 아름다운 것을 행하면 항상 추한 것이 옆에 있고…… 무언가 선함을 행하면, 다른 사람에겐 유해하지. 휴, 인생이 그렇지! (노모가 초의 심지를 다듬자 불이 꺼진다. 무대가 어두워지면서 배경막이 드리워진다.)

★

딸   불쌍한 사람들!

장교   이제야 발견하셨군요!

딸   예, 인생은 너무 어려운 것 같아요. 하지만 사랑으로 모든 것을 극복할 수 있을 거예요! 이리 와서 한번 보세요!

그들은 무대배경을 향해 걸어간다.

무대배경이 올려진다. 오래되어 혐오감이 느껴지는 방화벽을 묘사한 새로운 무대배경이 이제 서서히 보인다. 벽 한가운데는 통로 쪽으로 열리는 (정원의) 출입문이 하나 있고, 그 통로는 초록색 빛이 가득한 공간으로 이어진다. 그 공간에는 거대한 파란색 바꽃류의 식물(투구꽃)이 눈에 들어온다. 출입문 왼쪽에는 여자 문지기가 솔을 머리와 어깨에 두르고 앉아서 별 문양 담요를 코바늘로 뜨고 있다. 오른쪽에는 포스터 붙이는 사람이 부착물을 깨끗이 제거한 말끔한 게시판이 있다. 그 사람 옆에는 초록색 손잡이가 달린 뜰망이 세워져 있다. 네 잎클로버 모양의 구멍이 있는 문이 오른쪽 멀리 놓여 있다. 대문 왼쪽에는 아주 새까만 줄기와 몇 장의 연녹색 잎이 붙어 있는 가느다란 보리수가 서 있다. 그 안쪽으로는 지하 동굴이 있다.

딸   (여자 문지기의 앞으로 다가가서) 별 문양 담요는 아직 다 뜨시지 않았나요?

여자 문지기   아직 안 됐어요, 아가씨. 이런 작품을 위해서는 이십육 년의 세월도 어림없거든요.

딸   약혼자는 다시 오지 않았나요?

여자 문지기   네, 하지만 그의 잘못은 아니에요. 그 사람은 떠나야 했으니까요……. 불쌍한 사람. 삼십 년 전 일이네요!

딸   (포스터 붙이는 사람에게) 그녀는 발레를 하지요? 저 오페라 하우스에서요?

포스터 붙이는 사람 그녀는 수석 발레리나예요…… 그런데 그가 떠났을 때, 마치 그녀의 발레도 가져가 버린 것 같아요…… 그래서 그녀는 더 이상 어떤 역할도 얻지 못했어요…….

딸 모두가 불평하고 있어요, 적어도 눈빛과 목소리로요…….

포스터 붙이는 사람 내가 제일 심하게 불평하는 것은 아니에요…… 지금은 아니에요. 내가 뜰망과 초록색 어항을 얻은 뒤로는!

딸 그게 당신을 행복하게 해 주었나요?

포스터 붙이는 사람 예, 너무 행복해요. 너무…… 어렸을 때 꿈이었거든요. 그리고 제 나이 오십이 된 지금 저의 운명은 확실하게 정해졌어요. 물론…….

딸 뜰망 하나와 어항 하나에 오십 년이라…….

포스터 붙이는 사람 초록색 어항, 초록색…….

★

딸 (여자 문지기에게) 이제 저에게 숄을 주시겠어요? 여기 앉아서 인간들을 지켜보려고요! 하지만 뒤에 서서 당신이 제게 말해 주세요! (숄을 걸치고 대문가에 앉는다.)

여자 문지기 오늘이 마지막 날이에요. 그래서 오페라는 문을 닫을 거예요…… 지금쯤이면 계속 공연하게 될지, 아닐지를 알게 될 거예요…….

딸 고용되지 못한 사람은 그러면 어떻게 되는 건가요?

여자 문지기 아이고 세상에, 쳐다보기가…… 나는 숄을 머리에

써야겠어요, 나는…….

딸 불쌍한 사람들!

여자 문지기 저기 한 사람이 와요!--- 저 여자는 뽑히지 못했는가 봐요…… 저것 보세요, 울고 있어요…….

★

여자 성악가 (눈물을 손수건으로 닦으며, 대문을 통해 오른쪽에서 밖으로 달려 나간다. 대문 통로에 잠깐 멈추었다가, 벽에 머리를 기댄다. 그러고는 서둘러 나간다.)

딸 불쌍한 사람들 ! ---

★

여자 문지기 그런데 여기 좀 보세요. 이 사람은 너무 행복해 보이는데요!

★

장교가 좁은 통로를 거쳐 출입구로 나온다. 연미복과 높은 실린더 해트를 쓰고 장미꽃 다발을 들고 있다. 매우 행복해 보인다.

여자 문지기 그가 어떤 아가씨와 결혼하려나 봐.

장교 (무대 하단에서 노래하듯이) 빅토리아!

여자 문지기 그 아가씬 금방 나오겠죠.

장교 좋아, 좋아. 마차가 기다리고 있고, 식탁은 준비되어 있고, 샴페인은 얼음에 잘 재어 됐어.

장교는 딸과 여자 문지기를 포옹한다.

장교 (노래하듯) 빅토리아!

여자의 음성 (무대 상단에서 노래하듯이) 나 여기 있어요!

장교 (어슬렁거리며) 좋아요. 기다리겠어요.

★

딸 절 기억하시죠?

장교 잘 모르겠는데요. 전 세상에 단 한 여인, 빅토리아뿐입니다. 이곳을 오가며 칠 년 동안 그녀를 기다렸습니다. 태양이 굴뚝 끝에 매달리는 아침부터, 어둠이 내리는 저녁까지. 이 길 바닥을 보세요. 진실한 사랑의 발걸음 때문에 길이 다 닳아 버렸어요. 만세! 만세! 그녀는 나의 것입니다. 그녀는 내 거라고요. (노래하듯) 빅토리아!

아무런 대답이 없다.

장교 음. 아마도 그녀는 틀림없이 드레스를 입고 있겠죠……. (포스트를 붙이는 사람에게) 당신은 그물망을 가지고 있죠? 오페라 하우스를 찾는 사람들은 모두 그 그물망에 열광하더 군요. 아니면 말 못하는 물고기들에게 미쳐 있거나. 왜 그럴까요? 노래도 못 하는데…… 그건 얼마쯤 합니까?

포스터 붙이는 사람 꽤 비싸요.

장교 (노래하듯) 빅토리아! (보리수나무를 흔든다.) 이것 봐! 다시 꽃이 피기 시작했어! (노래하듯) 빅토리아! ……지금 그녀는 머리를 만지고 있겠죠? (딸에게 정중하게) 오, 착한 아가씨, 직접 가서 내 신부를 데려와도 되겠죠?

여자 문지기 미안해요. 누구도 이 문 뒤로 들어갈 순 없어요.

장교 난 칠 년 동안이나 여길 오가며 기다렸어! 칠 년씩이나! 365일에 7을 곱하면 2,555일이라구! (클로버 모양의 환풍구로 지팡이를 집어넣는다.) 그리고 난 이 문을 2,555번 본 셈이야. 이 문이 어디로 이어지는지도 모른 채. 클로버 모양의 구멍으로 불빛이 밝아지고 있어. 누군가 불빛을 밝히고 있어. 저 뒤에 누가 있는 거지? 거기 누가 사는 거냐고?

여자 문지기 나도 몰라요. 저 문이 열리는 걸 한 번도 본 적이 없어요.

장교 제가 네 살이던 어느 일요일 오후, 하녀를 따라갔을 때 보았던 식료품 저장실 문처럼 생겼어요! 저 멀리, 다른 하녀들의 가정집이었는데 부엌보다 더 멀리 가 본 것은 아니었고, 물통'과 소금 저장고' 사이에 앉아 있었어요. 살면서 정말 많은 부엌을 보았는데 식료품 저장고는 항상 현관에 있었고, 클로버 모양의 구멍을 뚫어 놓았었죠!" --- 그런데 오페라 하우스에는 부엌이 없으니까 식료품 저장고도 없겠죠! (노래하듯) 빅토리아! ……말해 봐요. 혹시 다른 문으로 그녀가 나온 건 아닌가요?

여자 문지기　아니요. 다른 문은 없어요.

장교　좋아. 그렇다면. 꼭 만날 수 있어!

극장 사람들　(밖으로 쏟아져 나오고, 장교는 그들을 훑어본다.)

★

장교　이제 곧 그녀가 도착할 거예요! ……부인! 저기 푸른 투구꽃이 있어요! 나는 어렸을 때부터 저 꽃을 봤어요…… 이게 같은 건가요? --- 목사관이 기억나요. 일곱 살 때였어요 …… 저 투구 밑에 비둘기 두 마리, 파란 비둘기가 있었어요 …… 그런데 그때 벌이 투구꽃 안으로 들어갔다가…… 그때 생각했습니다. 이제 널 잡았어! 그래서 꽃을 꽉 쥐었는데, 벌이 쏘아서 울고 말았어요……. 하지만 여사제가 와서 젖은 흙을 발라 주었어요……. 그런 다음 저녁에 산딸기와 우유를 먹었어요! --- 벌써 어두워지는 것 같아요! 포스터 붙이는 사람은 어디로 갔나요?

포스터 붙이는 사람　집에 가서 저녁 먹을 거예요.

장교　(눈을 비비며) 저녁? 대낮에 저녁을? 잠깐만 기다려요.

저 죄송하지만, 내가 들어가서 '자라나는 성'에다가 전화를 걸 수 있을까요? 일 분이면 될 겁니다.

딸   무슨 말씀을 전하려고요?

장교   유리장이에게 부탁해서 방한용 이중창을 끼워 달라고 해야겠어요. 곧 겨울이 올 거야. 난 얼어 죽을 것 같아.

그가 여자 문지기의 사무실 안으로 들어간다.

★

딸   저 사람이 찾는 빅토리아는 누구예요?

여자 문지기   그의 연인이지, 세상에서 가장 사랑하는.

딸   정답이에요! 그녀가 우리와 다른 사람들에게 어떤 존재인지, 그는 상관하지 않아요! 그녀가 그에게 있는 것, 그것이 바로 그녀입니다!

갑자기 어두워진다.

여자 문지기   (랜턴을 켜며) 오늘은 너무 빨리 어두워지는군.

딸   하늘에 계신 신들에게는 일 년이 단지 일 분에 지나지 않아요.

여자 문지기   지상에 있는 우리 인간들에게는 일 분이 마치 일 년과도 같은데.

★

장교가 돌아온다. 그는 다소 지저분해 보인다. 장미꽃은 시들어 버렸다.

장교 빅토리아는 아직 안 나왔나요?

여자 문지기 그래요.

장교 그녀는 아마도 올 거야! 아마도 그녀는 올 거야! --- (우왕좌왕하며) 하지만 사실이야. 그래도 저녁 예약은 취소하는 편이 낫겠어! ……벌써 저녁이 되어 버렸으니까! --- 그래, 그래야겠지! (안으로 들어가서 전화를 건다.)

★

여자 문지기 (딸에게) 이젠 내 숄을 돌려받는 게 좋겠어.

딸 아니요. 당신은 좀 더 쉬세요. 제가 여길 지킬 게요 --- 왜냐하면 전 사람들에 대해서 궁금한 게 많아요. 그들이 말하는 것처럼 사는 게 그렇게 힘든 건지 알고 싶어요.

여자 문지기 넌 여기선 결코 잠들 수 없어. 낮이고 밤이고 잠을 자선 안 돼…….

딸 밤에 잘 수가 없다고요?

여자 문지기 넌 모르겠지만, 저 위에는 파수꾼이 내려다보고 있어. 세 시간마다 서로 교대하지.

딸 그건 고문이잖아요.

여자 문지기 넌 그렇게 생각할지 모르지만, 대부분 이런 일이라도 얻고 싶어 하지. 내가 얼마나 부러움을 사는지 넌 모를 거야.

딸 부러워한다고요? 고통받는 사람을 부러워한다고요?

여자 문지기 물론이지! --- 그러나 야간 보초와 힘든 일, 외풍과 추위와 습기보다도 더 힘든 것은 내가 저 위에 있는 모든 불행한 사람들의 신뢰를 받는다는 거야⋯⋯. 그들이 내게로 와. 왜? 아마도 그들은 내 얼굴의 고랑에서 고통이 새겨 놓은 룬문자를 읽고는 확신을 갖게 되었을 거야⋯⋯. 친구여, 그 숄 안에는 삼십 년 동안의 내 자신의 고통과 다른 사람들의 고통이 숨겨져 있어! ---

딸 너무 무겁고 쐐기풀처럼 타 올라요⋯⋯.

여자 문지기 애야, 네가 원한다면 그걸 걸쳐 봐. 만일 너무 무겁거든 날 불러. 내가 널 구해 줄 테니.

딸 당신이 이겨 냈다면 나도 할 수 있을 거예요. 당신은 이제 좀 쉬세요.

여자 문지기 내 친구들에게 지금처럼 친절하게 대해 주렴. 대신 그들의 불평 때문에 너무 낙심하지는 말아.

여자 문지기가 통로로 사라진다.

장면이 전환되는 동안— 완전 암전이다. 보리수나무는 잎이 다 떨어진 채 벌거벗었다. 투구꽃은 사실상 죽어서 시들어 버렸다. 다시 밝아오면, 좁은 통로로 비치는 녹색 지대는 가을의 갈색빛으로 변해 있다. 조명이 들어오면서 장교가 등장한다. 이제 그의 머리와 턱수염은 희끗희끗하다. 그의 옷은 낡아 버렸다. 셔츠 칼라는 흙투성이에 누더기처럼 흐느적거린다. 그가 들고 있는 장미꽃은 시들어 떨어졌고, 작은 가지밖에 남지 않았다. 그는 이리저리 배회한다.

장교 (배회하며) 틀림없어. 여름이 가고 가을이 왔어. 저 나무들(보리수나무와 투구꽃)이 내게 말해 주는군. 그래도 아무 상관 없어! 그래! 가을은 나에게 봄과도 같아! 다시 오페라 시즌이 시작되니까. 극장 문이 또다시 열리면, 틀림없이 그녀가 나타날 거야. (딸에게) 귀여운 아가씨, 내가 저 의자에 잠깐만 앉아도 되겠습니까?

딸 나의 친구여 앉아요, 난 서 있을 수 있어요!

장교 (앉으며) 잠깐이라도 눈을 붙이면 좋겠어.

장교는 잠시 눈을 붙인다. 곧 일어나 천천히 걷기 시작한다. 클로버 잎 모양의 문 앞에서 멈춰 선다. 지팡이로 쿡쿡 찔러 본다.

장교 저 문이 내 마음까지 꽉 닫고 있어. 저 문 뒤엔 무엇이 있을까? 분명 저 문 뒤에선 뭔가 시작되고 있을 텐데.

위쪽으로 부드러운 발레 음악 한 소절이 흐른다.

장교 아, 리허설이 시작되었구나!

마치 조명실에서 램프를 돌리는 것처럼 무대가 반짝거린다.

장교 무슨 일이지? (플래시가 지나가면) 빛과 어둠, 빛과 어둠
  이라.
딸 낮과 밤, 낮과 밤이에요. 자애로운 신들이 당신의 기다림을
  줄여 주고 있어요. 낮은 날아가 버리고, 밤은 쫓아 버리지요.

섬광이 사라지고, 조명이 계속 밝아진다. 포스터 붙이는 사람이 그
물뜰망을 들고 밀가루가 담긴 풀통과 붓과 나머지 장비를 들고 들어
온다.

장교 뭐 괜찮은 거라도 잡았나요?
포스터 붙이는 남자 그럼요! 여름은 뜨겁고도 길었죠 ……. 이 그
  물망도 아주 괜찮았지만, 내가 생각했던 것과 똑같지는 않았
  어요!
장교 (강조하며) 내가 생각했던 것과 똑같지는 않았다! - - -
  아주 훌륭해요! 원래 내 생각대로 되는 건 아무것도 없어요!
  ……왜냐하면 생각은 행동 이상이니까요 — 그것보다 더 높
  은……. (돌아다니면서 마지막 잎이 떨어지도록 장미꽃을 빗자루
  처럼 사용하며 벽을 두드린다.)

포스터 붙이는 남자   그 여잔 아직 안 왔나 보군요.

장교   그래요, 아직. 곧 올 거예요! --- 당신은 저 문 뒤에 무엇이 있는지 모릅니까?

포스터 붙이는 남자   난 저 문이 열린 걸 본 적이 없어요.

장교   그래. 열쇠 장인에게 전화해서 저 문을 열어 달라고 해야겠어.

장교는 전화하러 나간다. 포스터 붙이는 사람이 포스터에 풀칠하면서 오른편으로 이동한다.

딸   그물망에 무슨 문제라도 생겼나요?

포스터 붙이는 남자   문제요? 네, 그런데 실제로 문제가 있는 것은 아니지만 내가 생각했던 거와는 달랐어요. 그래서 난 별로 즐겁지가⋯⋯.

딸   당신은 저 그물망이 어떨 거로 생각했는데요?

포스터 붙이는 남자   어떨 거로요? 말할 수가 없어요⋯⋯.

딸   제가 말해 볼게요! --- 저 그물망은 당신이 생각했던 초록색 그물망과는 달랐나 봐요! 푸른색이긴 했지만 당신이 생각한 바로 그 초록색은 아니었던 거죠!

포스터 붙이는 남자   당신은 알고 계시는군요. 당신은 모든 것을 알고 있어요 — 그래서 모든 사람이 자신의 걱정거리를 들고 당신을 찾아가는 거군요! --- 내 말을 들어 주시길 원하신다면, 한 번이라도⋯⋯.

딸　물론이죠. 이리 와서 당신의 고민을 털어놓아요.

딸이 자신의 방으로 들어간다. 포스터 붙이는 남자가 창문을 통해 그녀에게 고민을 털어놓는다.

★

(다시 완전 암전) 조명이 들어오면, 보리수나무는 잎이 무성하고 투구꽃이 만발하다. 태양은 좁은 통로 끝에 있는 녹색 지대에서 빛나고 있다.

장교가 들어온다. 그는 늙어서 완전히 백발이 되어 버렸다. 옷은 누더기에 신발에 구멍이 나 있다. 예전의 장미꽃 다발은 완전히 헐벗은 가지만 남아 있다. 장교는 노인처럼 천천히 서성인다. 포스터를 읽는다.

오른편에서 발레리나가 들어온다.

장교　빅토리아는 나왔나요?

발레리나　아니요. 아직 있어요.

장교　좋아. 기다리겠어. 그녀는 곧 출발하겠지?

발레리나　(진심으로) 분명히 그럴 거예요.

장교　잠깐만 기다려 봐. 저 문 뒤에 뭐가 있는지 궁금하지 않니? 잠시 후면 열쇠 장인이 저 문을 열어 줄 거야.

발레리나　저 문이 열리는 것을 보면 정말로 재미있을 거예요. 저 문 뒤에 점점 자라는 성이 있다죠? 혹시 그 자라는 성을 아세요?

장교 내가 아느냐고? — 내가 저기에 갇혀 있던 사람이야!

발레리나 아니, 그게 당신이었어요? 그런데 저기에 왜 그렇게 말이 많이 있는 거예요?

장교 물론 그건 마구간이 있는 성이니까……

발레리나 (고통스러워하며) 오, 난 바보야. 왜 그 생각을 못 했을까.

★

코러스 가수가 오른편에서 들어온다.

장교 혹시 빅토리아는 떠났나요?

코러스 가수 (진심으로) 물론, 아직 있어요! 절대로 떠나지 않을 거예요!

장교 그건 그녀가 나를 너무 사랑해서 그러는 거야!--- 여기 문을 열어 줄 열쇠 수리공이 올 테니까 오페라 가수가 지금 가 버리면 안 되지.

그 코러스 가수 와, 문이 열릴 건가 봐요! 이거 정말 재미있겠어요! ---무대 출입구 문지기한테 뭐 좀 물어볼 게 있어요!

★

프롬프터가 오른쪽에서 안으로 들어온다.

장교 빅토리아는 갔나요?

프롬프터 아니요, 제가 아는 바로는 안 갔어요!

장교 그것 봐요! 빅토리아가 나를 기다리고 있다고 내가 말했잖아요! ―가지 말아요, 저 문이 열릴 테니까요.

프롬프터 무슨 문이요?

장교 여기 저 문 말고 다른 문이 있나요?

프롬프터 이제 알겠어요. 클로버가 있는 문 말이잖아요! ---그러면 물론 있어야겠어요! 무대 출입구 여자 문지기하고 할 말이 좀 있어요!

★

발레리나, 합창단원, 프롬프터가 무대 출입구 문지기의 창밖에 있는 포스터 붙이는 남자 옆에 무리를 지어서 딸에게 한 사람씩 차례대로 말을 건넨다.

유리장이 (출입문에서 들어온다.)

장교 열쇠 수리공이에요?

유리장이 아니요, 열쇠 수리공은 바빠서요. 이 정도 일은 유리장이에게도 크게 문제없습니다.

장교 네, 물론--- 물론이죠. 그런데 다이아몬드는 있어요?

유리장이 물론이죠! 다이아몬드가 없는 유리장이라, 그런 유리장이가 어디 있겠어요?

장교 그건 그래요! — 그러면 일을 시작해 봅시다! (손뼉을 친다.)

모두 (문 주변에 원을 그리며 모인다.)

합창단 (오페라 「뉘른베르크의 마이스터징어」 의상을 입은 합창단원들과 오페라 「아이다」의 여자 무용수들이 오른쪽에서 등장한다.)

★

장교 열쇠 수리공—아니 유리장이—제대로 일을 해 보세요!

유리장이 (다이아몬드를 가지고, 앞으로 나온다.)

장교 한 인간의 삶에서 이런 순간이 자주 찾아오는 게 아니니, 친애하는 여러분, 부탁드립니다…… 잘 생각해 보세요…….

★

경찰 (앞으로 나오며) 법의 이름으로 이 문 여는 것을 금지합니다!

장교 아, 맙소사, 뭔가 새롭고 큰일을 하려고 하는데 이 무슨 난리란 말인가! --- 하지만 우린 법으로 해결할 겁니다! --- 그럼, 변호사한테 갑시다! 과연 법이 어떻게 적용되는지 한번 봅시다! — 변호사한테 갑시다!

막이 열린 상태에서 무대가 변호사 사무실로 바뀌는데 모습은 대략 이러하다. 출입구는 그대로 서 있고, 무대를 가로질러 사무실의 법정 피고석으로 통하는 문 역할을 한다. 무대 출입구에 있는 문지기의 방은 변호사의 집무실로 남아 있지만, 전면은 개방되어 있다. 잎이 없는 보리수는 모자와 옷걸이가 된다. 포스터 보드는 소송 사건의 공지 사항과 판결로 덮여 있다. 네잎클로버가 있는 문은 이제 파일을 놓아두는 캐비닛에 속한다.

모닝코트를 입고 흰색 스카프를 두른 변호사는 출입구 앞 바로 왼쪽에 서류로 가득한 책상에 앉아 있다. 그의 외모는 엄청난 고통을 보여 준다. 주름살은 백지장같이 희고 주름 사이의 그늘은 자줏빛 같다. 그의 얼굴은 추하고, 그의 직업 때문에 억지로 관여할 수밖에 없는 모든 종류의 범죄와 책임들이 그의 얼굴에 투영되어 있다.

그와 함께 일하는 두 명의 서기관 중 한 사람은 팔이 하나뿐이고 다른 한 사람은 외눈박이다.

'열린 문'을 보기 위해 모인 사람들이 여전히 서 있긴 하지만, 지금은 마치 변호사 사무실에 들어가려고 입회를 기다리는 것처럼 보이고, 그들은 늘 그 자리에 있었던 듯하다.

딸은 숄을 하고 있다. 장교는 첫 번째 무대 앞쪽 아래에 서 있다.

변호사   (딸에게 다가간다.) 이봐요, 이 숄을 내게 줘요---타일을 입힌 벽난로에 불이 붙을 때까지 여기 안에 걸어 두려

고요. 그러고는 슬픔과 괴로움을 내가 모두 불태워 버릴 거예요.---

딸 아직은 안 돼요, 내가 먼저 그것을 완전히 끝내고 싶어요. 그리고 무엇보다도 나는 당신의 고통, 당신이 수뢰했던 범죄에 대한 비밀 유지, 부담감, 부당한 구속, 비방, 모욕감을 모두 한데 모으고 싶어요…….

변호사 이봐요, 그럼 당신의 숄로 담아 내기에는 충분하지 않아요! 이 벽을 좀 보세요. 마치 모든 죄가 벽지에 스며든 것 같지 않아요? 내가 불의에 관한 글을 쓰고 있는데 이 종이를 한번 보세요. 나를 보세요……. 웃음을 보이는 사람은 여기 오지 않아요. 오직 사악한 시선과 허옇게 드러낸 이빨, 불끈 움켜쥔 주먹…… 그리고 모두 나한테 자신들의 악의, 시기, 의심을 토해 내요……. 봐요, 내 손은 검게 변해서 절대로 씻어 낼 수가 없어요. 얼마나 손이 갈라지고 피가 나는지 보세요……. 다른 사람들의 범죄 냄새가 진동하기 때문에, 며칠 동안 같은 옷을 입는 건 절대로 있을 수 없는 일이에요……. 가끔 이 안에서 향을 피워 보지만 도무지 도움이 되지 않아요. 이 안쪽에서 잠을 자는데 범죄에 관한 꿈만 꿔요--- 지금도 당장 법정에 가야 하는 살인 사건이 하나 있어요--- 다 잘되긴 하겠지만 가장 최악은 뭔지 아세요? --- 그건 부부가 이혼하는 거예요! ―그건 마치 땅속과 하늘 위에서 비명을 지르는 것 같아요…… 선의 근원인 원초적인 힘에 대해 반하는 것이며, 사랑을 배신하는 것이라고 울부짖는 거죠……. 그리고 법정에 제

출하는 준비서면에는 서로에 대한 비난으로 가득 차고 마침내 사랑으로 충만한 사람이 한쪽 배우자의 두 눈을 똑바로 쳐다보고는, 그 사람의 귀를 잡아당겨서 미소를 지으며 아주 간단한 질문을 던져요. 당신의 남편에 ― 또는 아내에 ― 대해 당신이 실제로 부딪히는 게 무엇입니까? 그러면 남편이든 아내든 그냥 거기에 서서 아무 대답도 못 하고 있어요. 이유를 몰라요! 한번은 ― 그래요, 분명히 야채 샐러드 때문에 그랬고, 또 한번은 말 때문이었어요, 대부분은 아무것도 아닌 거였어요. 그런데 그 고통, 그 괴로움! 온전히 내가 그것들을 받아내야 했어요……! 내 얼굴이 어떤지 좀 보세요! 그리고 이런 범죄자의 얼굴로 내가 여자의 진정한 사랑을 얻을 수 있다고 생각하세요? 그리고 받아내야 할 도시의 모든 빚, 금전적인 빚이 있는 나 같은 사람과 친구가 되고 싶은 사람이 있다고 생각하세요? --- 인간이라는 게 비참해요!

딸   불쌍한 사람들!

변호사   정말 그래요! 그리고 사람들이 뭘 해서 먹고사는지 내게는 수수께끼예요! 4천 크라운이 필요한데, 2천 크라운의 소득으로 결혼한단 말이에요--- 물론 돈을 빌리겠지요. 모두가 빚을 지니까요! 죽을 때까지 계속 이렇게 살아야 되는 거예요--- 그러니까 집엔 항상 빚이 있어요! 결국 누가 빚을 청산했을까요. 그래요, 한번 말해 봐요!

딸   새 키우는 사람!'

변호사   맞아요! 그런데 새를 키우는 분이 땅으로 내려와서 불쌍한 인간들이 어떻게 지내고 있는지 살펴보신다면 아마도 그분은 동정심에 사로잡힐지도 모릅니다…….

딸   불쌍한 사람들!

변호사   네 그건 사실이에요! — (장교에게) 무얼 도와드릴까요?

★

장교   빅토리아가 떠났는지 그것만 물어보려고요!

변호사   아니요, 가지 않았어요. 마음 놓아도 돼요. --- 왜 저기에 있는 내 캐비닛을 찔러 보는 거예요?

장교   저 문이 아주 비슷하다는 생각이 들어서요…….

변호사   아니요, 그렇지 않아요. 절대로 아니에요.

교회 종소리가 들린다.

★

장교   시내에서 장례식이 있나요?

변호사   아니요, 학위 수여식이 있어요. 박사 학위 수여식이요. 이제 내가 가서 법학 박사 학위를 받을 거예요! 학위를 받고 월계관을 쓰고 싶지 않아요?

장교   왜 안 그러겠어요? 늘 좀 산만해서요…….

변호사   바로 엄숙한 의식을 거행할까요? — 가서 옷만 갈아입으세요!

장교가 퇴장한다. 이제 무대가 어두워지고, 그동안 다음과 같은 변화가 일어난다 ─ 법정 피고석은 그대로 남아서, 이제는 교회 성가대의 난간 역할을 하고 있다. 게시판은 찬송가의 번호를 붙이는 판으로 사용된다. 보리수 옷걸이는 나뭇가지 모양의 촛대가 된다. 서서 쓸 수 있는 변호사의 책상은 박사 학위 수여자의 연단이 된다. 네잎클로버 문은 이제 성구 보관실의 문이 된다.---

「뉘른베르크의 마이스터징어」 합창단은 홀을 든 왕의 전령이 되고 아이다의 엑스트라들은 월계관을 들고 있다.
나머지 사람들은 관중으로 둘러선다.
배경막이 올라간다. 새로운 배경막에는 아래쪽으로 건반이 있는 거대한 오르간이 있고 바로 그 위에 거울이 있다.
음악이 들린다! 측면에는 철학, 신학, 의학, 법학의 네 학부가 있다. 잠시 무대가 텅 비어 있다.

왕의 전령들 (오른쪽에서 들어온다.)
아이다의 엑스트라들 (앞으로 쭉 뻗은 두 손에 월계관을 들고서 뒤따라 들어온다.)
세 명의 학위 수여자 (왼쪽에서 한 사람씩 차례대로 앞으로 나와 아이다의 엑스트라들이 씌워 주는 월계관을 쓰고 오른쪽으로 나간다.)

변호사   (월계관을 쓰기 위해서 앞으로 나온다.)

아이다의 엑스트라들   (그에게 왕관을 씌우는 것을 거부하고 등을 돌려 밖으로 나간다.)

변호사   (충격을 받아 자신의 몸을 기둥에 기댄다.)

모두 퇴장한다. 변호사는 홀로 남아 있다.

★

딸   (머리와 어깨에 흰색 베일을 쓰고서 입장한다.) 이것 좀 봐요, 숄을 깨끗이 빨았어요---그런데 왜 여기 혼자 서 있어요? 월계관을 받지 못했어요?

변호사   네, 나는 자격이 안 되었어요.

딸   왜요? 당신이 가난한 사람들의 변호를 맡았고, 범죄자를 위해 좋은 말을 해 주었고, 죄인의 짐을 덜어 주었고, 형을 받은 자에게는 집행유예를 해 주었기 때문인가요……. 가엾은 사람들…… 천사가 아니잖아요. 사람들은 천사가 아니잖아요. 불쌍한 사람들!

변호사   사람들에 관해 나쁘게 말하지 말아요. 내가 그들의 소송을 맡아야 하니까요…….

딸   (오르간에 기대어 있다.) 왜 친한 친구의 얼굴을 치려는 걸까요?

변호사   털끝 하나도 이해하지 못하니까요!

딸 우리가 그 사람들을 교육시키면 되잖아요! 그렇게 할까요? 나와 함께!

변호사 그 사람들은 정보를 하나도 받지 못합니다! ……오, 우리의 불평이 하늘의 신들에게 닿았더라면.---

딸 가장 높은 곳에 전달될 거예요! --- (오르간 옆에 선다.) 여기 거울에서 내가 무엇을 보고 있는지 아세요? --- 세상이 제대로예요! --- 그래요, 세상 자체가 비정상적이었는데!

변호사 어떻게 비정상적이었다는 거죠?

딸 복제가 되었을 때(현실이 되었을 때)…….

변호사 거 봐요, 드디어 당신도 그렇게 말하네요! 복제…… 복제가 잘못되었다고 난 항상 생각했어요……. 그리고 원형인 이데아를 머릿속에 떠올리고 나자, 난 모든 게 불만이더라고요……. 사람들은 내가 불평만 하는 사람이고, 눈 안에 '악마의 유리 조각'과 또 다른 것들이 박혀 있다고 말하더라고요…….

딸 말도 안 돼요! 여기 네 개 학부를 보세요! --- 사회주의 정부는 이들 모두에게 재정을 지원했어요. 신학, 하나님의 교리, 항상 지혜, 그 자체라고 주장하는 철학에 의해서 공격받고 조롱받는 철학! 그리고 의학은 항상 철학을 배제하고 신학을 과학에 포함시키지 않으며 미신이라고 부르지요……. 그들은 똑같은 대학 본관 건물에 앉아서 대학에 대한 존경심을 젊은이에게 가르치려고 해요. 여긴 정신병원이에요! 그리고 가장 먼저 현명해진 사람에게 화를 내잖아요!

변호사   그것을 맨 먼저 알게 되는 사람들이 신학자들입니다—
그들은 신학이 난센스라고 가르치는 철학을 기초 학문으로
공부해요. 그런 다음에 철학이 난센스라고 그들이 신학에서
가르치는 거예요! 바보들이죠, 그렇지요?

딸   그리고 법학은 종들 자신을 제외한 모든 이의 종이죠!'

변호사   정의를 원할 때, 정의는 오히려 인간을 죽음으로 내몰
아요! --- 법원은 너무나 자주 잘못 판결을 내리잖아요!

딸   그래서 당신 스스로 엉망진창이 된 것이군요! 불쌍한 사
람! — 여기로 와요 내가 화환을 씌워 줄게요--- 이게 더 잘
어울려요! (그의 머리에 가시 면류관을 씌워 준다.) 이제 내
가 당신을 위해 연주해 줄게요! (그녀가 오르간에 앉아 「키리
에」를 연주한다. 하지만 오르간 연주 소리 대신에 사람들의
목소리가 들린다.)

아이들의 목소리   영원한 하나님! 영원한 하나님! (마지막 음이
지속된다.)

여성의 목소리   자비를 베푸소서! (마지막 음이 지속된다.)

남성 목소리(테너)   주님의 자비로 우리를 구원해 주소서! (마지
막 음이 지속된다.)

남성 목소리(베이스)   주님, 당신의 자식을 구원해 주시고, 긍휼히
여기시어 노하지 마소서!

모두   자비를 베푸소서! 우리의 소리를 들어주소서! 필멸자들
을 불쌍히 여기소서! — 영원하신 분이시여, 당신은 어디 멀
리 계십니까? ……깊은 곳에서 우리는 외칩니다. 자비, 영원

하시다! 자녀에게 너무 무거운 짐을 지우지 마십시오! 우리의 말을 들어주소서! 우리의 말을 들어주소서!

★

무대가 어두워지고 딸이 자리에서 일어나 변호사에게 다가간다. 조명을 변경해서 오르간을 핑갈의 동굴'로 바꾼다. 바다가 현무암 기둥 아래로 깊숙이 밀려들어 파도와 바람 소리의 앙상블을 만들어 낸다.

변호사 이봐요, 우리가 있는 곳이 어디인가요?

딸 무슨 소리가 들리나요?

변호사 물방울 떨어지는 소리가 들려요.‐‐‐

딸 사람들이 울면 눈물이 나는 거예요······. 또 어떤 소리가 들리나요?

변호사 한숨을 쉬고······ 흐느끼고······ 신음하고 있어요······.

딸 필멸자들의 탄식이 이곳까지······ 더 이상 도달하지 못했어요. 하지만 왜 끊이지 않고 탄식하는 걸까요? 인생에 기뻐할 게 하나도 없는 건가요?

변호사 맞아요, 가장 쓸쓸한 것이 가장 달콤한 거예요. 사랑! 아내와 가정! 가장 좋은 것일 수도 있고 가장 나쁜 것일 수도 있어요!

딸 내가 해 볼게요!

변호사 나와 함께요?

딸   당신과 함께요! 당신은 바위와 걸림돌을 잘 알고 있으니, 우리는 그것들을 피할 수 있을 거예요!

변호사   난 가난해요!

딸   우리가 서로 사랑하기만 한다면 그게 무슨 상관이 있겠어요? 그리고 약간의 아름다움에는 비용이 들지 않아요!

변호사   당신의 동정심을 불러일으키는 게 무엇인지 모르겠지만 내가 싫어하면 어쩌지요?

딸   그런 것들은 잘 조절해야지요!

변호사   우리의 기분이 언짢아진다면?

딸   그러면 아이가 태어나서 늘 새로운 위안을 선사해 줄 거예요!

변호사   진정 당신은 가난하고 못생기고 멸시받고 버림받은 나 같은 사람을 원합니까?

딸   네! 당신과 운명을 함께 하고 싶어요!

변호사   그렇게 합시다!

막.

로펌 내부의 아주 단순한 방. 오른쪽에는 침대 커튼 아래에 커다란 더블 침대가 있다. 그 가까이에 창문이 있다. 왼쪽에는 냄비와 프라이팬이 있는 양철 난로가 있다. 크리스틴이 창문 안쪽을 붙이고 있다. 배경막에는 사무실로 통하는 열린 문이 있다. 바깥에는 가난한 사람들이 순서를 기다리는 중이다.

크리스틴 풀칠해서 막고, 풀칠해서 막고!

딸 (창백하고 초췌한 모습으로 난로 옆에 앉아 있다.) 당신이 공기를 차단해 버렸어요! 숨 막혀 죽겠어요……!

크리스틴 이제 작은 틈 하나만 남았어요!

딸 공기, 공기, 숨을 쉴 수가 없어요!

크리스틴 풀칠해서 막고, 풀칠해서 막고!

변호사 (손에 서류 한 장을 들고 현관에 서서) 맞아 크리스틴, 난방이 비싸!

딸 오, 당신이 내 입을 풀로 붙여 버린 것 같아요!

변호사 아이는 자고 있어요?

딸 네, 드디어!

변호사 (부드럽게) 아이의 울음소리에 놀라 내 고객들이 기겁해요!

딸 (친절하게) 그걸 뭐 어쩌겠어요?

변호사 할 수 있는 게 없지!

딸 더 큰 집을 구하면 되죠!

변호사 우리는 돈이 없어요!

딸 나쁜 실내 공기 때문에 숨이 막히는데, 창문 좀 열어도 될까요?

변호사 그러면 열기가 빠져나가서 추위에 떨게 될 텐데!

딸 끔찍해요……! 그럼 저 밖을 문질러 닦아도 되겠죠?

변호사 당신은 문질러 닦을 힘도 없잖아. 나도 힘이 없고. 크리스틴이 풀칠해서 막을 거야. 크리스틴이 집 안 전체를, 틈새 하나 없이 천장이며, 바닥이며, 벽이며, 전부 풀칠해서 막을 거야!

딸 가난은 참을 수 있지만, 더러운 건 참을 수가 없어요!

변호사 가난하면 항상 상대적으로 더러울 수밖에 없어요!

딸 이것은 내가 꿈꾸던 것보다 더 나쁘군요!

변호사 우리가 최악은 아니에요! 아직 냄비에 먹을 음식이 있잖아요!

딸 근데 무슨 음식이요……?

변호사 양배추는 싸고, 영양가도 풍부하고, 맛도 있잖아요!

딸 양배추를 좋아하는 사람한텐 그렇겠지요! 나한테는 역겹 다고요!

변호사 왜 아무 말도 안 했어요?

딸 왜냐하면 당신을 사랑했기 때문이에요! 내가 먹고 싶은 것 정도는 희생하고 싶었어요!

변호사 그럼 양배추에 대한 내 취향을 희생해야겠군요! 한 사 람만 희생하면 안 되니까요.

딸 그럼 뭘 먹을까요? 생선? 그런데 당신은 생선을 싫어하잖 아요.

변호사 그리고 비싸요!

딸 생각보다 어렵네요!

변호사 (친절하게) 얼마나 어려운 일인지 아시겠어요? 그리고 연결 고리와 축복의 끈이 될 아이는……! 우리를 파멸의 길로 몰아넣을 거예요!

딸 내 사랑하는 남편이여! 나는 이 공기 속에서, 이 방에서, 뒷마당이 보이는 이곳에서 아이들의 비명과 함께, 끝없는 시간 동안, 잠도 못 자고, 저 밖에 있는 사람들과, 그들의 울 부짖음과 징징거림과 비난과 함께…… 나는 이 안에서 죽 어야 해요!

변호사 빛도 공기도 없는 불쌍한 작은 꽃송이…….

딸 그리고 당신은 더 어려운 사람들이 있다고 했지요!

변호사 나는 동네에서 부러움을 사는 사람 중 한 명이에요!

딸 집에 아름다움을 더할 수만 있다면 모든 것이 괜찮을 것 같아요!

변호사 당신이 말하는 꽃이, 특히 해꽃속*이라는 건 알겠는데, 그 꽃은 1크로나 50외레*나 하거든요. 그 돈이면 우유 6리터 아니면 감자 4카페* 값이에요.

딸 이 꽃을 얻을 수만 있다면 기꺼이 음식이 없어도 괜찮을 거예요.

변호사 비용이 들지 않는 아름다움도 있긴 하지요. 그리고 집에 그게 없으면 아름다움에 대한 감각을 가진 사람에게는 가장 큰 고통이 되겠지요!

딸 그게 뭔데요?

변호사 내가 말하면 당신은 미치고 말 거예요!

딸 미치지 않기로 약속할게요!

변호사 우리 약속했어요……. 아그네스, 이제 모든 게 괜찮아요. 단지 짧고 거친 톤은 안 돼요……. 알잖아요! 아직은 아니지만!

딸 그럴 일은 없을 거예요!

변호사 제가 아는 한 절대로 없을 거예요!

딸 이제 말해 봐요!

변호사 네. 내가 집에 들어오면 먼저 커튼 홀더 아래에 커튼이 제대로 걸려 있는지 살펴보게 돼요……. (창문 커튼으로 가서 커튼을 똑바르게 한다.) 밧줄이나 걸레처럼 걸려 있으면…… 나는 바로 그 자리를 떠납니다……! 그런 다음 의자를 살펴봄니다……. 의자들이 제대로 놓여 있으면, 그 자리에 머물게 됩니다……! (의자를 벽에 맞춘다.) 그런 다음 촛대에 있는 양초를 봅니다……. 기울어져 있으면 집이 비뚤어진 겁니다! (서랍장 위에 있는 양초를 조정한다.) ……이것 보세요, 바로 이런 아름다움에는 비용이 들지 않습니다!

딸   (가슴 근처까지 머리를 숙이고) 안 돼요. 짧은 목소리 톤은, 악셀*!

변호사   짧지 않았잖아요!

딸   그렇게 말했다니까요!

변호사   그렇다면야, 젠장……!

딸   말을 왜 그렇게 하는 거예요?

변호사   미안해요, 아그네스! 하지만 당신이 더러움으로 고통받는 만큼 나는 당신이 정리 정돈을 못 하는 것으로 괴로워했어요! 그리고 청소할 때 직접 내가 나서서 도울 엄두가 나지 않았어요. 왜냐하면 내가 당신을 비난하는 것처럼 당신도 폭발하게 될 테니까……. 에이! 이제 그만할까요?

딸   결혼 생활은 정말 힘들어요……. 그 무엇보다 힘들어요! 천사가 되어야 할 것 같아요!

변호사   네, 내 생각도 그래요!

딸   이 이후로 당신을 미워하기 시작할 것 같아요!

변호사   슬프네요……! 하지만 미움이 생기지 않도록 미연에 방지해요! 다시는 청소에 대해 불평하지 않겠다고 약속할게요……. 비록 내게는 고문이지만요!

딸 그러면 고통스럽더라도 나도 양배추를 먹겠습니다!

변호사 고통 속에서 함께하는 삶! 한쪽의 즐거움과 다른 쪽의 고통!

딸 불쌍한 사람들!

변호사 알겠지요?

딸 예! 하지만 이제 우리가 잘 알고 있으니, 주님의 이름으로 바위들을 피해 갑시다!

변호사 우리 한번 해 봅시다! 결국 우리는 인간적이고 깨달은 사람들이기 때문에, 용서하고 넘어갈 수 있어요!

딸 우리는 사소한 것에도 미소를 지을 수 있어요!

변호사 우리, 우리만이 할 수 있어요……! 오늘 조간신문 「모러넨(Morgonen)」에서 읽었는데……! 그런데─ 그 신문은 어디에 있죠?

딸 (당황하면서) 무슨 신문이요?

변호사 (가혹하게) 신문을 두 부 이상 들고 다니기라도 합니까?

딸 이제 웃으세요. 그리고 거칠게 말하지 마세요……. 당신의 신문을 불붙이는 데 썼어요…….

변호사 (사납게) 에이, 젠장!

딸 이제 웃어요……! 내게 신성한 것을 신문이 조롱했기 때문에 태워 버렸어요…….

변호사 나한테는 정말 불경한 짓이야! 글쎄! (화를 내며 박수를 친다.) 웃을게요, 어금니가 보이도록 웃을게요……. 인간적으로 행동하고, 내 의견을 숨기고, 모든 것에 예라고 말하고, 몰래 돌아다니며 위선적으로 행동할게요! 오, 내 신문을 태웠군요! 그랬군요! (침대 기둥의 커튼을 다시 조정한다.) 그래, 그래요! 내가 가서 다시 치울게요. 그러면 당신이 화를 내겠지만요! --- 아그네스, 이건 정말 말도 안 돼요!

딸 당연히 그렇겠죠!

변호사 그럼에도 우리의 맹세를 위해서가 아니라 우리의 아이를 위해서 버텨야 해요!

딸 맞아요! 아이를 위해서! 오! ─ 오! --- 우린 버텨야 해요!

변호사 그러면 이제 저는 고객들에게 가 봐야겠어요! 들어 보세요. 그들은 서로를 갈가리 찢어 놓으려고 하고, 벌금을 물게 만들고 감옥에 보내려고 참을성 없이 으르렁거리고 있잖아요……. 저주받은 영혼들…….

딸 형편없고, 불행한 사람들! 그리고 이렇게 풀칠을 해 대고! (그녀는 아무 말 없이 절망감에 가슴까지 고개를 숙인다.)

크리스틴 풀칠하고 막고, 풀칠하고 막고!

변호사 (문가에 서서 초조하게 문고리를 만진다.)

딸 오, 자물쇠 소리가 엄청나네요. 마치 내 마음을 아프게 하는 것 같아요…….

변호사 내가 안아 줄게요, 내가 안아 줄게요…….

딸 그러지 말아요!

변호사 내가 안아 줄게요…….

딸 됐어요!

변호사   내가…….

★

장교   (사무실 안에서, 자물쇠를 잡으며) 제가 할게요!

변호사   (자물쇠를 놓는다.) 그렇게 하세요! 당신이 박사 학위를 받았으니까요!

장교   이제 인생은 전부 내 거야! 나에게는 모든 길이 열려 있고, 위대한 성공을 거두었고, 파르나소스산 꼭대기에 올랐으며 전투에서 승리했고, 불멸과 영광, 이 모든 것이 다 내 것입니다!

변호사   어떻게 살 건가요?

장교   어떻게 살다니요?

변호사   집과 옷과 먹을 것이 있어야겠죠?

장교   응원해 줄 사람이 있다면 언제나 잘 풀릴 것입니다!

변호사   그렇게 생각할 수도 있죠! --- 그렇게 생각할 수도! --- 크리스틴, 풀칠하고 막아요! 풀칠하고 막아요! 숨을 쉴 수 없을 때까지! (고개를 끄덕이며 뒷걸음으로 나간다.)

크리스틴   풀칠하고 막고, 풀칠하고 막아요! 숨을 쉴 수 없을 때까지!

★

장교   지금 오실 건가요?

150

딸   바로요! 그런데 어디로요?

장교   파게르빅만(灣)으로요! 여름이 있고 태양이 빛나고, 거기에는 젊음, 어린이, 그리고 꽃이 있어요. 노래와 춤, 파티와 환희가 있어요!

딸   그럼, 그리로 갈래요!

장교   어서요!

★

변호사   (다시 입장한다.) 이제 나는 첫 번째 나의 지옥으로 돌아갑니다……. 이것은 두 번째이자 --- 가장 큰 지옥이었습니다! 가장 달콤한 것은 가장 큰 지옥입니다 — 이걸 보세요, 지금도 그녀가 바닥에 또 머리핀을 놔뒀어요……! (바닥에서 집어 올린다.)

장교   그가 머리핀도 발견했다고 생각해 봐요!

변호사   머리핀도라고요……? 이것 좀 봐요! 핀은 두 개지만 바늘은 하나! 두 개인데 하나! 곧게 펴면 한 개뿐이에요! 구부리면 하나에서 멈추지 않고 두 개인 거죠! 그러니까 이들 둘은 하나라는 뜻입니다! 하지만 내가 부러뜨리면 — 여기를! 그러면 둘인 거지요! (머리핀을 부러뜨리고 조각을 던진다.)

장교   이 모든 것을 보았어요……! 하지만 부러지기 전에 핀들이 갈라져야 합니다! 함께 하나가 되면 그대로 유지되는 거죠!

변호사 그리고 이것들이 평행하면―절대로 만나는 일은 없지요―견디지도, 부서지지도 못하는 거죠.

장교 머리핀은 모든 창조물 중 가장 완벽합니다! 두 개의 평행성과 같은 직선!

변호사 열려면 닫아야 하는 자물쇠!

장교 닫으면 열린 상태와 비슷한 머리 땋기를 하는 거죠…….

변호사 이 문과 비슷해요! 아그네스, 내가 이것을 닫으면 열어서 당신이 나갈 수 있도록 해 주는 거지요! (나가서 문을 닫는다.)

★

딸 그래서요?

장면 전환: 사주(四柱)식 침대가 텐트로 바뀌고, 양철 난로는 그대로 남아 있으며, 배경막이 올라간다. 전경의 오른쪽에는 산불로 인해 빨간 히드*와 검고 흰 그루터기들이 남아 있는 불에 탄 산, 붉은 돼지우리, 그리고 별채가 있다. 그 아래에는 사람들이 마치 고문 도구와 비슷하게 생긴 개방해 놓은 물리 치료 기계에서 운동하고 있는 듯 보인다.

전경의 왼쪽에는 벽난로, 널빤지 벽 그리고 파이프가 있는 격리 건물의 개방된 일부가 있다. 중경에는 해협이 있다. 배경막은 깃발로 장식되어 있고, 식물의 잎이 무성히 자란 아름다운 해변과 부두가 보인다. 그곳에 흰색 보트가 정박되어 있는데, 일부는 돛을 올렸고, 나머지는 돛이 없다. 해변에서 단풍잎 사이로 작은 이탈리아 빌라'들, 파빌리온, 정원의 정자, 그리고 대리석 조각상이 보인다.

검역소장　(무어인의 복장을 하고 해변을 걷고 있다.)

장교　(앞으로 나와 악수한다.) 아니 세상에, 우스트룀! 여기에 와 계셨어요?

검역소장　네, 여기 있습니다!

장교　여기가 파게르빅인가요?

검역소장　아니요, 중간에 있습니다. 여긴 스캄순드입니다!

장교　그럼 우리는 잘못 온 거군요!

검역소장　우리라고요? ─ 내게 소개하고 싶지 않으세요?

장교　네, 시기가 적절하지 않아요! (반쯤 소리를 낮추며) 인드라의 딸입니다!

검역소장　인드라의 딸? 바루나' 본인인 줄 알았어요! --- 뭐, 내 얼굴이 까맣다는 사실에 놀라진 않으시겠죠!

장교　웬 말씀을, 나는 이미 쉰 살이 되었고 이제 더 이상 놀랄 게 없어요! ─ 이미 난 당신이 오늘 오후 가장무도회에 가는 것이라고 추측했어요!

검역소장　아주 정확하군요! 난 당신이 따라갔으면 하는데요?

장교　물론이죠. 왜냐하면 여긴…… 여기는 매력적으로 보이지 않아요……! 여기에는 어떤 부류의 사람들이 살고 있습니까?

검역소장 여기엔 아픈 사람이 살고 저 너머엔 건강한 사람이 살아요!

장교 그러면 여기엔 가난한 사람들만 있는 건가요?

검역소장 아니요, 젊은이. 여기엔 부자들이 있어요! 고문대에 있는 저 사람 좀 봐요! 트러플을 곁들인 푸아그라를 너무 많이 먹었고 부르고뉴 포도주를 지나치게 많이 마셔서 기형처럼 발에 딱딱한 결절과 반점이 생겼습니다!

장교 기형이라고요?

검역소장 저 사람은 굳은 발을 가지고 있습니다! 그리고 단두대에 누워 있는 저 사람은 헤네시 코냑을 너무 마셔서 척추가 와스러졌어요!

장교 그 또한 결코 좋은 일이 아니네요!

검역소장 그건 그렇고, 숨기고 싶은 불행을 가진 사람은 누구나 이쪽 편에 살고 있어요! 예를 들어, 저기 누가 오는지 좀 보세요!

60세가량의 깡마르고 못생긴 요부를 대동하고서, 최신 유행하는 옷을 입은 멋쟁이 노인이 휠체어를 타고 들어오는데, 40년 지기 친구로부터 시중을 받고 있다.

장교 저기 소령이에요! 우리 동창인가?

검역소장 돈 후안! 보이죠, 그는 여전히 옆에 있는 유령과 사랑에 빠져 있어요. 그는 그녀가 늙었고, 추하고 믿음이 없고 잔인하다는 사실을 알지 못해요!

장교 그것이 바로 사랑입니다! 나는 도망자가 그렇게 깊이 그리고 진지하게 사랑할 수 있다고 생각한 적이 없었습니다!

검역소장 정말 아름다운 관점을 가지고 계시군요!

장교 나 자신도 빅토리아를 사랑하고 있어요---그래요, 여전히 난 복도를 걸어 다니며 그녀를 기다리고 있어요.---

검역소장 복도에서 걷고 있던 사람이 당신인가요?

장교 그게 바로 납니다!

검역소장 아직 문을 열지 못했나요?

장교 예, 아직 처리 중입니다---물론 포스터 붙이는 남자가 채그물을 가지고 나갔기 때문에 증언이 지연되고 있어요……. 그동안 유리장이는 반 층이나 자란 성의 창문을 설치했습니다……. 올해는 유난히 좋은 해였습니다……. 덥고 습해요!

검역소장 그러나 우리 집만큼 더운 걸 당신은 경험해 보지 못했어요!

장교 그럼 당신네 오븐 안은 얼마나 뜨거워요?

검역소장 콜레라 감염 의심자를 소독할 경우에 60도입니다.

장교 콜레라가 다시 유행하고 있습니까?

검역소장 모르세요……?

장교 물론 알고 있지만, 내가 아는 것을 너무 자주 잊어버립니다!

검역소장 나는 종종 나 자신을 잊을 수 있기를 바라요. 그렇기 때문에 가장무도회, 분장, 사교 모임을 찾는 거예요.

장교　그러면 무엇을 하고 계셨나요?

검역소장　그 얘기를 하면 자랑이라고 하고, 부인하면 위선자라고 합니다!

장교　그래서 얼굴이 검게 변했습니까?

검역소장　네! 본래보다 조금 더 검어요!

장교　누가 오는 건가요?

검역소장　아, 저건 시인이에요! 머드욕*을 하려는!

시인은 눈을 하늘로 향하고 손에 진흙 양동이를 들고 들어온다.

장교　세상에, 일광욕과 산림욕을 하려고 했잖아요!

검역소장　아니, 저 사람은 항상 가장 높은 세상에 머물기 때문에 진흙을 그리워하게 돼요……. 저걸 하면 진흙 속에서 뒹구는 멧돼지처럼 피부를 강하게 만들어 주지요. 그런 다음엔 말파리에 물린 통증도 느끼지 않게 돼요!

장교　이 이상한 모순의 세계!

★

시인　(희열에 넘쳐) 프타*는 진흙으로 물레, 선반을 돌려 인간을, (회의적으로) 아니면 무엇이든 간에 창조했습니다! ---
(희열에 넘쳐) 조각가는 진흙으로 불멸의 걸작이라고 할 수 있는 것을 창조하기도 합니다. (회의적으로) 보통은 그냥 쓰

레기죠! — (희열에 넘쳐) 식품 저장실에 꼭 필요한 이 그릇들은 진흙으로 만들어졌는데, 일반적으로 토기, 접시라고 불립니다. (회의적으로) 무엇이라고 부르는지 나와는 상관없습니다! — (희열에 넘쳐) 이것은 진흙입니다! 액체 상태의 부유하는 진흙을 머드라고 합니다. C'est mon Affairse(이게 내 전문 분야야)! — (외친다) 리나!

★

리나   (양동이를 들고 입장한다.)

시인   리나, 아그네스에게 모습을 보여 줘요! 그녀는 십 년 전에 당신을 알고 있었어요. 그 당시 당신은 젊고 쾌활한 소녀였지요. 그러니까 정말 아름다운 소녀였어요……. 그런데 이제 그녀가 어떻게 생겼는지 한번 보세요! 다섯 명의 아이에, 노역에, 비명을 지르고, 굶주리고, 구타까지! 얼굴의 조화로운 곡선과 눈의 고요한 빛으로 표현되는 내면의 만족감을 선사했을 의무를 수행하면서 아름다움이 어떻게 사라졌는지, 기쁨이 어떻게 사라져 버렸는지 한번 보세요…….

검역소장   (그의 입을 손으로 막는다.) 닥쳐, 닥쳐!

시인   모두가 그렇게 말합니다! 그리고 당신이 침묵한다면 그들은 이렇게 말할 겁니다. 말해요! 제멋대로인 사람들!

딸 (리나에게 다가간다.) 불만이 있으면 말해요!

리나 아니요, 감히 그럴 수 없어요. 그러면 더 나빠질 테니까요!

딸 누가 그렇게 잔인한가요?

리나 맞을 것 같아서 감히 말하지 못하겠어요!

시인 그럴지도 모르죠! 하지만 아프리카인이 내 입에서 내 이빨을 뽑아 낸다고 해도 나는 그것에 대해 이야기할 것입니다! --- 때로는 불공평하다고 말할 것입니다. --- 아그네스, 인드라신의 딸이여! 언덕 위에서 춤과 음악 소리가 들리나요? 아무튼! --- 도시에서 길을 잃고 집으로 돌아온 리나의 여동생이에요……. 지금 살찐 송아지를 도축하고 있는데*, 집에 남아 있던 리나는 양동이를 가지고 양들과 돼지에게 먹이를 주러 가야 해요!

딸 길 잃은 사람이 나쁜 길을 버렸을 뿐만 아니라 집에 돌아왔기 때문에 집에서는 기쁨이 가득하네요! 눈치챘어요!

시인 한 번도 타락한 적이 없고 열심히 일하고 있는 이 비난할 수 없는 여성을 위해 매일 저녁 식사와 함께 무도회를 열어 주세요! --- 그들이 그렇게 하지 않으면, 리나는 쉬는 날 예배당에 가서 그녀가 완벽하지 않다는 비난을 받게 됩니다! 이게 정의입니까?

딸 당신의 질문은 대답하기가 너무 어려워요. 왜냐하면…… 너무 예상치 못한 경우가 많기 때문예요…….

158

시인　칼리프이자 정의로운 하룬 알 라시드'도 이 사실을 깨달았습니다! 그는 조용히 왕좌에 앉아 저 아래에서 사람들이 어떻게 지내는지 전혀 보지 못했습니다! 마침내 불평이 그의 귀에까지 들렸어요. 그러던 화창한 어느 날, 그는 옷을 갈아입고 군중 속으로 숨어 들어 정의가 어떻게 실현되고 있는지 보러 갔어요.

딸　설마 당신은 내가 정의로운 하룬이라고 생각하는 것은 아니겠지요?

장교　우리 다른 얘기를 해 봅시다! --- 여기 낯선 사람들이 와요!

장밋빛 삼각기가 달린 금색 돛대에 하늘색 비단 돛이 금으로 된 활대에 부착된 용 모양의 흰색 보트가 왼쪽에서 해협을 향해 미끄러지듯 나아간다. 그와 그녀는 서로의 허리를 팔로 감고 조타석에 앉아 있다.

장교　저기 좀 보세요. 완벽한 행복, 무한한 기쁨, 젊은 사랑의 환희!

무대가 밝아진다.

★

그　(보트에서 일어나 노래한다.)
만세, 아름다운 협만이여,

그곳에서 나의 젊은 시절을 보았지,

그곳에서 나의 첫 번째 장밋빛 꿈을 꾸었지,

다시 이곳에 왔네,

그때처럼 혼자가 아니야!

숲과 협만,

하늘과 바다,

내 인사를 그녀에게 전해 줘!

내 사랑, 내 신부!

나의 태양, 나의 인생!

파게르빅 부두의 깃발들이 인사를 건네고, 하얀 손수건이 별장과 해변에서 나부끼고, 가로지르는 하프와 바이올린의 화음이 울려 퍼진다.

시인 얼마나 빛이 반짝이는지 보세요! 물 위에서 어떤 소리가 들리는지 들어 보세요! ― 에로스!

장교 빅토리아예요!

검역소장 그래서 뭐요?

장교 저 사람은 그의 빅토리아예요. 나의 빅토리아가 따로 있어요! 그러니까 *내 것*, 아무도 볼 수 없어요! --- 지금 검역 깃발을 게양하면, 그물을 끌어 올릴게요!

검역소장 (노란색 깃발을 흔든다.)

장교 (보트가 스캄순드 방향으로 회전하도록 줄을 당긴다.) 거기서 멈춰요!

그와 그녀 (이제 끔찍한 풍경을 인식하고 공포를 표현한다.)

검역소장 그래요, 그래! 별로 좋지 않죠! 하지만 모든 사람, 그러니까 감염된 곳에서 온 모든 사람은 여기로 와야 합니다!

시인 사랑에 빠진 두 사람이 만나는 것을 볼 때 그렇게 말할 수 있다고, 그렇게 할 수 있다고 상상해 보세요! 그들을 건드리지 마세요! 사랑하는 사람들을 건들지 마세요. 그것은 큰 범죄입니다! --- 슬퍼요! 이제 아름다운 모든 것은 진흙탕 속으로 내려갑니다!

그와 그녀 (슬프고 부끄러운 마음으로 육지에 오른다.)

그 아, 아, 슬프다! 우리 뭘 한 거죠?

검역소장 인생의 작은 불편함을 없애기 위해 아무것도 할 필요가 없습니다!

그녀 기쁨과 행복이 너무 짧아요!

그 우리는 얼마나 더 머물러야 하나요?

검역소장 사십 일 밤낮!

그녀 그렇다면 차라리 우리는 호수에 들어가는 게 낫겠어요!

그 불타버린 산과 돼지 우리가 있는 이곳에서 살라고요?

시인 사랑은 모든 것을 이깁니다. 심지어 유황 연기와 석탄산까지도요!

★

검역소장 (난로에 불을 붙인다. 푸른 유황 연기가 올라온다.)

이제 유황에 불을 붙일 게요! 어서 들어오세요!

그녀   아! 내 파란 옷이 색을 잃겠구나!

검역소장   그러고는 하얗게 변할 겁니다! 당신의 빨간 장미도 하얗게 변할 겁니다!

그   그리고 당신의 뺨조차도! 사십 일 후면!

그녀   (장교에게) 매우 만족하실 거예요!

장교   아니, 그렇지 않을 거예요! --- 당신의 행복은 참으로 내 고뇌의 근원이었어요. 그렇지만--- 상관없습니다. 나는 이제 학위를 받았고 내 체력에도 아무 문제 없습니다……. 오, 예! 그리고 가을에 나는 학교에 자리를 받아서…… 나 자신이 어린 시절, 젊은 시절 내내 공부했던 것과 똑같은 숙제를 남자 아이들과 함께 공부할 겁니다. 그리고 중년 시절의 숙제와 늙어서 노년 시절의 숙제와 똑같은 숙제를 이제 공부하게 될 겁니다. 2 곱하기 2는 얼마입니까? 4가 될 때까지 2를 몇 번이나 곱할까요……? 내가 연금을 받을 때까지―하는 일 없이 식사와 신문이 오기만을 멍하니 기다리면서―마침내 화장터로 옮겨져 불에 타서 재가 될 때까지 곱해야지요……. 여기에 있는 여러분들은 퇴직 연금이 없나요? 물론 이게 최악이죠. 다음은 2 곱하기 2는 4이고, 학위를 받았는데 학교를 다시 시작해야 하고, 죽을 때까지 똑같은 질문을 하고…….

한 노신사가 뒷짐지고 지나간다.

장교   저기 퇴직자가 지나가는데 인생이 끝나기를 기다리는 거지요. 소령으로 진급하지 못한 대위나 배석판사가 안 된 법원 서기일 겁니다―많은 사람들이 부름을 받았지만 선택되는 사람은 거의 없습니다……. 그가 가서 아침 식사를 기다리는군요…….

연금 수령자   아니, 신문! 조간신문!

장교   그리고 그는 이제 겨우 쉰네 살인데, 앞으로 25년을 더 식사와 신문을 기다립니다. ……끔찍하지 않나요?

연금 수령자   끔찍하지 않은 게 뭐가 있을까요? 말해 봐요, 말해 봐요, 말해 봐요?

장교   네, 할 수 있는 사람은 말해 보세요! 이제 남자아이들과 함께 공부할 겁니다. 2 곱하기 2는 4입니다! 2를 몇 번 곱해야 4가 되나요? (그는 절망에 빠져 머리를 움켜잡는다.) 그리고 내가 사랑했고, 이 세상에서 가장 큰 행복을 기원했던 빅토리아…… 이제 그녀는 자신이 아는 가장 큰 행복을 가지게 되었으므로 나는 고통스러워…… 고통스러워, 고통스러워!

★

그녀   당신이 고통받는 걸 보면 내가 행복할 수 있을 것 같아요? 어떻게 그런 생각을 할 수 있어요? 내가 여기 죄수로 사십 일 밤낮을 갇혀 있는 게 당신의 고통을 덜어 줄까요? 말해 봐요, 그것이 당신의 고통을 덜어 주나요?

장교 예, 아니요! 당신이 고통스러워하면 나는 마음 편히 즐길 수 없어요! 오!

그 나의 행복이 당신의 고통 위에 세워질 수 있다고 생각하세요?

장교 우린 불쌍해요! ─ 모두 가요! 오!

모두 (하늘을 향해 손을 뻗으며 불협화음처럼 고통의 비명을 지른다.) 오!

딸 신이시여, 들어 주소서! 삶은 고달파요! 불쌍한 사람들!

모두 (이전과 같이) 오!

★

무대가 잠시 어두워지는 동안 모든 등장인물이 자리를 옮기거나 자리를 바꾼다. 다시 밝아지면 스캄순드해협의 해변이 배경에 보이지만 그림자가 드리워진다. 해협은 가운데 위치하고, 파게르빅은 전경에 위치하며, 둘 다 최대 조명을 받는다. 오른쪽에는 창문이 열려 있는 클럽하우스*의 모퉁이가 있고, 그 안에는 춤추는 커플이 있다. 바깥에 있는 빈 헛간에 세 명의 처녀가 서로의 허리를 잡고 서서 춤추는 모습을 보고 있다. 집 계단에 있는 벤치에는 '못생긴 에디트'가 맨몸에 슬픔으로 가득 차서, 잔뜩 헝클어진 머리로 앉아 있다. 그녀 앞에는 피아노가 준비되어 있다.

왼쪽에는 노란 목조 주택이 있다.

여름옷을 입은 두 아이가 밖에서 공놀이를 한다.

전경에는 하얀 보트가 있는 부두와 깃발이 꽂힌 깃대가 있다. 해협에는 하얀 군함이 있고, 포구가 달린 격납고가 보인다.

그러나 전체 풍경은 쓰러진 나무와 바닥에 눈이 쌓인 겨울이다.

딸과 장교　(입장한다.)

★

딸　휴가 기간 동안 평화와 행복이 함께 하기를! 일은 멈췄고, 매일 파티를 하고, 사람들은 파티 복장을 하고, 아침부터 음악을 듣고 춤을 추고 있어요. (하녀들에게) 이봐요, 왜 안에 들어가서 춤을 추지 않는 거예요?

처녀　우리요?

장교　하인들이잖아요!

딸　그렇네요! --- 그런데 에디트는 왜 춤을 추지 않고 거기에 앉아 있는 거예요?

에디트　(손으로 얼굴을 가린다.)

장교　그녀에게 묻지 마세요! 그녀는 초대받지 못하고 세 시간 동안이나 저기에 앉아 있었어요.--- (왼쪽의 노란색 집으로 들어간다.)

딸　정말 잔인하네요!

어머니   (에디트에게 다가가 반갑게 맞이한다.) 왜 내가 말한 대로 들어가지 않니?

에디트   왜냐…… 하면 데이트 신청을 못 하겠어요 내가 못생겼다는 걸 난 잘 알아요, 그래서 아무도 나랑 춤추고 싶어 하지 않아요, 하지만 그런 말을 듣는 건 그냥 잊을 수 있어요! (요한 세바스찬 바흐의 토카타' D단조 913번 피아노 연주를 시작한다.

홀 안쪽에서 들려오는 왈츠는 처음에는 희미하게 들리다가 바흐의 토카타에 맞서 싸우는 것처럼 점점 커진다. 하지만 에디트의 연주가 왈츠를 침묵시킨다. 무도회 관객들이 문 앞에 나타나 그녀의 연주를 듣는다. 무대 위의 모든 사람이 경건하게 경청한다.)

해양 경찰   (무도회 손님 중 한 명인 알리스의 허리를 붙잡고 그녀를 부두로 데려간다.) 빨리 와요!

에디트　(연주를 중단하고, 일어서서 절망적인 표정으로 그들을 바라본다. 석화된 것처럼 굳어 버린 채 서 있다.)

★

이제 노란 집의 벽이 제거된다. 소년들이 앉아 있는 학교 책상 세 개가 보인다. 그 가운데에는 불안하고 걱정스러운 표정의 장교가 앉아 있다. 안경을 쓰고, 분필과 매를 가진 선생님이 그들 앞에 서 있다.

선생　(장교에게) 이봐, 자네, 이제 2 곱하기 2가 얼마인지 말해 줄 수 있겠나?

장교　(앉아서 답을 찾지 못한 채 고통스럽게 기억을 더듬는다.)

선생　질문을 받으면 일어나야 해.

장교　(괴로워하며 일어난다.) 2 --- 곱하기 2…… 어디 보자! --- 그건 2, 2!

선생　아, 이 친구! 자네는 숙제를 하지 않았군!

장교　(부끄러워하며) 아니요, 했는데…… 어떻게 되는지 아는데, 말을 할 수가 없어서…….

선생　말을 돌리려고 하는군! 알고 있지만 말할 수는 없다. 그렇다면 내가 도와줄 수 있을 것 같군! (그가 장교의 머리카락을 잡아당긴다.)

장교　아, 끔찍해, 끔찍해!

선생　그래, 이렇게 큰 녀석이 야망이 없다는 건 정말 끔찍한 일이지…….

장교　(고통스러워하며) 큰 녀석이요, 그렇죠, 나는 이 아이들보다 훨씬 더 크지요. 나는 완전히 어른이에요. 학교를 마쳤고요…… (잠에서 깨어나듯) 나는 박사 학위도 받았는데…… 내가 왜 여기 앉아 있는 거지요? 내가 학위를 받지 않았나요?

선생　물론 받았지. 하지만 좀 더 성숙해져야 돼. 자넨 성숙해져야 한다고…… 그렇지 않은가?

장교　(이마를 만진다.) 네, 맞습니다, 성숙해져야 합니다……. 2 곱하기 2…… 는 2이며, 모든 증명 중 가장 우월한 유추에 의해 증명하겠습니다! 이제 들어 보세요……! 1 곱하기 1은 1이므로 2 곱하기 2는 2입니다! 어떤 하나에 대해 적용되는 것은 다른 것에도 적용되기 때문입니다!

선생　증명은 완벽하게 논리적이지만 답은 틀렸네!

장교　논리의 법칙에 따른 것은 틀릴 수 없습니다! 한번 해 봅시다! 1에 1을 곱하면 1이 되지요. 그러니까 2에 2를 곱하면 2가 되는 거지요!

선생　유추 증명에 따르면 정확히 맞네. 하지만 1 곱하기 3은 얼마지?

장교　3이죠!

선생　결과적으로 2곱하기 3도 3이구만!

장교　(생각에 잠기며) 아니, 그럴 수가 없어요…… 그럴 리가 없어요…… (절망에 빠져 주저앉는다.) ……아니, 난 아직 준비가 되지 않았어요!

선생   그래, 자네는 충분히 준비가 되지 않았어…….

장교   하지만 여기 얼마나 오래 앉아 있어야 합니까?

선생   여기에 얼마나 오래 있어야 하냐고? 자넨 시간과 공간이 존재한다고 믿는가……? 시간이 존재한다고 가정하면 시간이 무엇인지 말할 수 있어야 하지! 시간이란 무엇이지?

장교   시간……? (생각에 잠기며) 말할 수는 없지만, 나는 그것이 무엇인지 알아요! 그러니까, 내가 말할 수는 없어도 2 곱하기 2가 얼마인지 알 수 있어요! 선생님은 시간이 무엇인지 말할 수 있나요?

선생   물론 할 수 있지!

모든 아이들   그럼 말해요!

선생   시간? --- 이리 내놔 봐! (코에 손가락을 대고 움직이지 않고 서 있다.) 우리가 이야기하는 동안 시간은 흘러간다. 그러니까 시간은 내가 말하는 동안 날아다니는 것이야!

남자아이   (일어난다.) 지금 선생님이 말씀하시고, 선생님이 말씀하시는 동안에 나는 날아가 버린다. 그러니까 나는 시간이다! (도망친다.)

선생   논리법에 따르면 절대적으로 옳아!

장교   하지만 도망가 버린 닐스'는 시간이 될 수 없기 때문에 논리의 법칙은 미쳤습니다!

선생   미친 짓이긴 하지만, 논리법에 따르면 완벽하게 옳아.

장교   그렇다면 논리는 미친 짓이네요!

선생 정말 그렇게 보여! 하지만 논리가 미친 것이라면 온 세상이 미친 거겠지……. 그러면 악마가 직접 여기 앉아서 너희들에게 광기를 가르칠 거야……! 누가 내게 술 한잔 사 주면 수영하러 가자!

장교 사람들은 보통 먼저 목욕하고 나중에 술을 마시기 때문에, 이건 포스테리우스 프리우스' 또는 거꾸로 된 세상이에요! 이 늙은 꼰대 같으니라고!

선생 박사가 오만해서는 안 돼!

장교 장교라고 해 주세요! 나는 장교인데 내가 왜 여기 앉아서 남학생들 사이에서 눈치를 보는지 도무지 이해가 안 돼요…….

선생 (손가락을 쳐들며) 우리는 성숙해질 거야!

★

검역소장 (입장) 검역이 시작됩니다!

장교 아, 당신이군요! 내가 박사 학위를 가지고 있음에도 그가 나를 학교 책상에 앉게 했다는 것을 상상할 수 있습니까!

검역소장 글쎄요. 그런데 당신은 왜 자기 길을 가지 않습니까?

장교 말해 봐요! ─ 가다니요? 그리 간단한 문제가 아니에요!

선생 맞아요, 그런 것 같아요! 그렇지만 시도해 봐요!

장교 (검역소장에게) 날 좀 구해 줘요! 그의 감시에서 나를 구해 줘요!

검역소장 그냥 오세요! ---와서 춤추게 도와줘요……. 페스트가 퍼지기 전에 춤을 춰야 해요! 그래야만 해요!

장교 그럼 범선이 출발하나요?

검역소장 제일 먼저 범선이 출발할 거예요……! 물론 울음바다
가 되겠지요!

장교 항상 울음이에요. 그가 올 때나, 그가 갈 때나……! 갑시다!

그들은 나간다. 선생은 조용히 수업을 계속한다.

★

연회장 창가에 서 있던 하녀들이 슬프게 선창 아래쪽으로 내려간다.
피아노 앞에 굳은 표정으로 서 있던 에디트가 뒤따른다.

딸 (장교에게) 이 낙원에는 행복한 사람이 없나요?

장교 있죠, 두 명의 신혼부부가 있어요! 들어 보세요!

★

신혼부부가 입장한다.

남편 (아내에게) 내 행복은 무한해서 죽고 싶어…….

아내 왜 죽어?

남편 행복 속에서 불행의 씨앗이 자라나기 때문이지. 그것은

불꽃처럼 자신을 태워 버려. 영원히 타오를 수 없고 꺼져야만 하는 거야. 이 종말의 예감은 절정의 순간에 행복을 파괴해 버리는 거야.

아내　함께 죽자, 지금 당장!

남편　죽을까? 그래! 나는 행복이 두려워! 속이는 자!

그들이 호수를 향해 걸어간다.

★

딸　(장교에게) 삶은 아픔이에요! 불쌍한 사람들!

장교　그러면 저기 오는 사람을 좀 봐요! 이 마을에서 가장 부러워하는 사람입니다!

시각 장애인이 인도된다.

장교　그는 수백 채의 이탈리아 빌라를 소유하고 있으며, 이 모든 만(灣), 협만, 해변, 숲, 물속의 물고기, 공중의 새, 숲속의 사냥감들을 모두 소유하고 있습니다. 수천 명의 사람이 그의 세입자이고 해가 그의 바다 위로 떠서 그의 땅 너머로 집니다…….

딸　글쎄요, 그 사람도 불평하나요?

장교　예, 그리고 이유가 있습니다. 왜냐하면 그는 앞을 볼 수 없기 때문이죠!

검역소장 그는 시각 장애인입니다!---

딸 모든 이 가운데 가장 부러움을 받는 사람!

장교 이제 그는 자기 아들을 태운 범선이 가는 것을 보게 될 거예요!

★

시각 장애인 나는 보지 못하지만 들을 수 있어! 물고기에서 낚싯바늘을 뽑을 때처럼 그리고 심장이 목구멍을 통해서 올라올 때처럼 나는 바다 밑바닥의 진흙에서 닻의 갈고리가 어떻게 바닥을 긁고 있는지 그 소리가 들려! --- 내 아들, 하나밖에 없는 내 아들이 넓은 바다에서 이국 땅을 여행할 텐데. 상상만으로 함께 할 수 있을 뿐 --- 이제 쇠사슬이 삐걱거리는 소리가 들려 --- 그리고 — 빨랫줄에 걸린 빨래처럼 펄럭이며 소리를 내는 무언가가 있어…… . 아마도 젖은 손수건일 거야 --- 사람들이 울 때와 같이 꺽꺽거리는 소리와 흐느끼는 소리가 들려…… 그건 마치 해안에 부딪히는 작은 파도 소리 같기도 하고 해변의 소녀들 소리인지도 모르겠어 --- 버림받은…… 위로해 줄 수 없는 --- 언젠가 한번 어린아이에게 바다가 왜 짠지 물어본 적이 있는데, 긴 항해를 하는 아버지를 둔 아이는 선원들이 많이 울기 때문이라고 바로 대답하더군. — 그러면 선원들은 왜 그렇게 많이 우는 걸까? 그건 말이지요, 그들이 항상 멀리 떠나기 때문이에요, 라고 대답하더라고. --- 그래서 그들은 항상 돛대에 손수건을 말리는 거예요!
왜 사람들은 슬플 때 우는 걸까? 내가 계속해서 물었지. ― 그
건요, 더 선명하게 보기 위해서 때때로 안경을 씻어야 하기 때
문이에요! 라고 말하더군.---

항해를 시작한 범선이 미끄러지며 앞으로 나간다. 해변에 있는 소녀
들은 손수건을 흔들며 눈물을 닦고 있다. 이제 흰색 바탕에 빨간 원
으로 표현된 "예"라는 신호가 돛대에 올라간다. 알리스는 환하게 손
을 흔들며 답한다.

딸   (장교에게) 저 깃발은 무엇을 의미하나요?

장교   "예"라는 뜻입니다. 푸른 캔버스 같은 하늘에 심장의 피
   처럼 붉게 표현된 중위의 "예"라는 대답이죠!

딸   "아니오"는 어떻게 생겼나요?

장교   그것은 푸른 정맥의 썩은 피처럼 파랗습니다……. 알리
   스가 환호하는 게 보입니까?

딸   그리고 에디트가 너무 울고 있어요!---

시각 장애인   만났다가 헤어지고! ― 헤어졌다 만나고! ‑ 인생
   이 다 그렇지! 나는 그의 어머니와 만났어! 그러고는 그녀는
   떠나갔어! ‑ 내겐 여전히 아들이 남아 있어. 이제 그는 떠나
   갔어!

딸   그는 꼭 다시 올 거예요!---

시각 장애인   나에게 말하고 있는 사람이 누구입니까? 꿈속에서,

여름방학이 시작되던 어린 시절에, 내 아이가 태어났던 신혼 시절에 이 목소리를 들은 적이 있어요. 삶이 미소 지을 때마다, 마치 태양의 속삭임처럼, 하늘에서 들려오는 하프의 선율처럼, 크리스마스날 밤에 천사가 인사를 건네는 것을 상상하면서 나는 이 목소리를 들었어요⋯⋯.

★

변호사　(입장해서, 시각 장애인에게 다가가 속삭인다.)

시각 장애인　그렇군요!

변호사　네, 바로 그렇다니까요! (딸에게 다가간다.) --- 이제 대부분의 것을 보긴 했지만 최악의 것은 아직 시험해 보지 않았습니다.

딸　그게 뭘까요!

변호사　반복하기! --- 다시 겪어 보기! --- 처음으로 되돌아가기! 숙제 다시 하기! --- 오세요!

딸　어디로요?

변호사　당신의 의무로요!

딸　무슨 의무요?

변호사　당신이 혐오스러워하는 모든 것! 당신이 원하지 않는데 해야만 하는 모든 것! 불쾌하고 역겹고 고생스러워서 떠나고 싶은 모든 것⋯⋯ 못마땅하고, 구역질나고, 고통스러운 모든 것⋯⋯.

딸 즐거운 의무는 없어요?

변호사 그것들이 성취가 될 때 즐거워지지요…….

딸 그것들이 더 이상 존재하지 않을 때--- 그러니까 의무는 모두 불쾌한 거군요! 그렇다면 즐거운 것은 뭐예요?

변호사 즐거운 것은 죄입니다.

딸 죄?

변호사 벌을 받는 거요. 맞아요! 기분 좋은 낮과 저녁을 보냈다면 다음 날 지옥 같은 고통과 죄책감을 갖게 되는 거죠.

딸 너무 특이한데요!

변호사 맞아요, 아침에 일어나면 머리가 아프고 그러고는 반복이 시작되는 거예요. 하지만 뒤틀린 반복인 거죠. 그런 식으로 어젯밤에 아름답고 즐겁고 재미있었던 모든 것이 오늘 아침 기억 속에는 추하고 역겹고 어리석은 것으로 나타납니다. 즐거움은 썩어 버리는 것 같고 기쁨은 산산조각 납니다. 사람들이 성공이라고 부르는 것은 항상 다음에는 좌절의 원인이 됩니다. 제 인생에서 성공은 몰락의 원인이 되었습니다. 인간은 다른 사람의 성공에 대해 본능적으로 두려움을 가지고 있어요. 한 사람에게 유리한 운명은 불공평하다고 생각하기 때문에 길에 있는 돌을 굴려서라도 균형을 회복하려고 합니다. 재능을 갖는 것은 위험합니다. 왜냐하면 쉽게 굶어 죽을 수 있기 때문입니다! --- 하지만 당신의 본분으로 돌아가요. 그러지 않으면 내가 당신을 고소할 거고 그러면 우리는 세 가지 심의 단계를 거치게 될 거예요,

일심, 이심, 삼심!

딸 돌아가라고요? 양배춧국이 올려 있는 양철 난로, 아이들 옷…….

변호사 그렇죠! 오늘은 큰 빨래를 하는 날이니까요. 손수건을 전부 빨래해야죠…….

딸 아, 이걸 또다시 시작해야 하나요?

변호사 모든 인생은 재연일 뿐이에요……. 저 안에 있는 선생님을 봐요…… 어제 박사 학위를 받아서, 월계관을 쓰고 축포를 쏘고, 퍼레이드 단상에 올라가서 왕의 포옹을 받았어요……. 그리고 오늘 그는 다시 학교를 시작하고, 2 곱하기 2가 얼마인지를 물어요. 그는 이것을 죽을 때까지 계속하는 거예요……. 그건 그렇고 돌아와요, 당신의 집으로!

딸 그러느니 차라리 죽겠어요!

변호사 죽는다고요? 그러면 안 돼요! 왜냐하면 우선 그건 불명예스러운 일이에요. 심지어 그 사람의 시체는 신성모독이 될 정도가 되지요. 그다음에는---저주를 받게 됩니다!---그것은 지옥에 갈 대죄입니다!

딸 인간이 되는 것은 쉽지 않네요!

★

모두 맞아요!

★

딸   굴욕과 더러운 곳으로 돌아가지 않을 거예요!---내가 온
곳으로 올라가고 싶지만…… 먼저 문이 열려야 비밀을 알 수
있어요…… 나는 문이 열리기를 원해요!

변호사   그러면 당신은 같은 길로 되돌아가서, 그 과정의 모든
불쾌함, 재연, 재시험, 반복을 견뎌야 합니다…….

딸   그럴 수도 있겠지만 나는 먼저 고독과 황무지 속으로 나가
서 다시 나를 찾을 거예요! 다시 만나요! (시인에게) 나를 따
라와요!

통곡 소리   (저 멀리 배경에서) 오, 불행이여! 오, 불행이여! —
오, 불행이여!

딸   방금 뭐였지요?

변호사   스캄순드의 비참한 사람들입니다!

딸   오늘은 왜 전보다 더 불평이 많나요?

변호사   여기에는 태양이 빛나고, 여기에는 음악이 있고, 여기
에는 춤이 있고 여기에는 젊음이 있기 때문입니다! 그래서 그
들은 자신의 고통을 훨씬 더 깊이 느끼는 거지요.

딸   우리가 그들을 풀어 줘야 해요!

변호사   해 봐요! 한때 구원자가 오셨지만 그는 십자가에 매달
렸습니다!

딸   누가 그랬나요?

변호사   올바른 생각을 가진 모든 사람에 의해서요!

딸 어떤 사람들인데요?

변호사 당신은 올바른 생각을 가진 사람을 다 알지 않나요?

딸 그들이 당신의 박사 학위 수여를 거부한 사람들인가요?

변호사 예!

딸 그럼, 누군지 알겠어요!

★

지중해의 한 해변. 전경 왼쪽에는 흰 벽이 있고, 그 위로 열매를 맺은 오렌지 나무가 솟아 있다. 배경에는 빌라들과 테라스가 있는 카지노가 있다. 오른쪽에는 두 개의 수레가 올라가 있는 큰 석탄 더미가 보인다. 배경에는 푸른 바다가 펼쳐져 있다.

허리까지 벌거벗고 얼굴, 손, 드러난 몸의 일부가 새까만 두 명의 석탄 광부가 절망에 빠져 자신의 수레에 앉아 있다.

배경에 딸과 변호사가 있다.

딸 여기가 천국이에요.

석탄 광부 1 여긴 지옥이에요!

석탄 광부 2 그늘인데 48도예요!

석탄 광부 1 호수에 들어갈까요?

석탄 광부 2 그럼, 경찰이 올 거예요! 수영하면 안 돼요. 여기에서는!

석탄 광부 1 나무에서 열매를 따면 안 됩니까?

석탄 광부 2 안 돼요, 그러면 경찰이 올 거예요.

석탄 광부 1 하지만 나는 이 더위에서 일할 수 없어요. 난 이 모든 걸 그만둘 거예요.

석탄 광부 2 그러면 경찰이 와서 당신을 잡아갈 거예요! --- (잠시 멈춤) 게다가 먹을 것도 없을 거예요…….

석탄 광부 1 먹을 것도 없어요? 가장 많이 일하는 우리가 가장 적게 먹잖아요. 그리고 아무것도 하지 않는 부자가 가장 많이 먹고요! --- 진실에 가까워지지도 않고, 진실을 모른 채 과연 그것이 불공평하다고 주장할 수는 없잖아요? 거기에서 신의 딸은 뭐라고 말하나요?

★

딸 말문이 막히네요! --- 하지만 말해 봐요. 무엇을 했길래 당신은 이렇게 거멓고 왜 당신의 할당량은 언제나 힘든가요?

석탄 광부 1 우리가 무엇을 했느냐고요? 우리는 가난하고 어지간히 나쁜 부모에게서 태어났습니다. 어쩌면 몇 차례 벌을 받았을 겁니다!

딸 벌을 받았다고요?

석탄 광부 1 예. 처벌받지 않은 사람들은 저 위 카지노에 앉아서 와인과 함께 여덟 코스를 먹습니다.

딸 (변호사에게) 그게 사실인가요?

변호사 네, 대체로 그렇습니다!---

딸 모든 사람이 언젠가는 감옥에 간다는 뜻인가요?

변호사 예!

딸 당신도요?

변호사 예!

★

딸 가난한 사람들은 이 바다에서 수영을 할 수 없다는 게 사실
인가요?

변호사 네. 옷을 입은 상태로도 안 돼요! 스스로 익사하고 싶은
사람만 돈을 내지 않아도 돼요. 하지만 그들도 경찰서에서 두
들겨 맞을 거예요!

딸 마을을 벗어나서 외진 곳에 가서 수영할 수는 없나요?

변호사 그런 곳은 없어요. 어디든 울타리가 쳐 있어요!

딸 내 말은, 야외에서요!

변호사 공짜 같은 건 없습니다. 모두 누군가의 소유예요!

딸 바다 그 자체, 드넓은 광활함……

변호사 전부! 돈을 지불하지 않고는 배를 타고 바다와 육지에
들어갈 수가 없어요!

딸 여긴 천국이 아니에요!

변호사 맞아요, 내가 장담해요!

딸 왜 사람들은 자신의 지위를 개선하기 위해 아무것도 하지

않는 건가요.---

변호사 물론 합니다만, 모든 개혁가들은 결국 감옥이나 정신병원에 갇히게 되잖아요…….

딸 누가 그들을 감옥에 가두나요?

변호사 모든 올바른 생각들, 모든 정직한…….

딸 누가 그들을 정신병원에 가두나요?

변호사 노력의 절망을 본 그들 자신의 절망이요!

딸 사람들은 비밀스러운 이유 때문에 이대로 있어야 한다는 생각을 떠올리지 않았나요?

변호사 떠올렸지요, 잘사는 사람들은 항상 그렇게 생각해요!

딸 지금 이대로가 좋다고요? ---

★

석탄 광부 1 우리는 사회의 기초입니다. 석탄을 나르지 않으면 부엌의 화덕, 그 집의 굴뚝, 공장의 기계가 꺼집니다. 거리, 상점, 가정의 불이 꺼집니다. 어둠과 추위가 여러분에게 닥칩니다……. 그래서 우리는 검은 석탄을 나르기 위해 지옥처럼 땀을 흘립니다……. 우리에게 또 무슨 짓을 하는 거죠?

변호사 (딸에게) 저 사람들을 도와주세요.--- (일시 정지) 모든 사람이 똑같을 수는 없다는 걸 알지만 어떻게 그렇게 다를 수 있을까요?

★

신사와 부인이 무대를 가로질러 간다.

부인　와서 게임 좀 할래요?

신사　아니, 저녁을 먹으러 잠깐 나가야겠어!

★

석탄 광부 1　저녁을 먹을 수 있을까요?

석탄 광부 2　먹을 수 있을까⋯⋯?

아이들이 들어온다. 까만 노동자들을 보고 공포에 질려 비명을
지른다.

★

석탄 광부 1　우리를 보고 비명을 질러요! 아이들이 비명을 질
　　러요⋯⋯.

석탄 광부 2　젠장! --- 곧 조소와 경멸을 당하게 될 테니 이 썩
　　은 몸을 수술해야겠어요⋯⋯.

석탄 광부 1　젠장! 동감이에요! 쳇!

★

변호사   (딸에게) 미친 짓인 것 같아요! 인간이 그렇게 나쁜 게
아니라…… 그러니까…….

딸   그러니까……?

변호사   관리가 나쁜 거예요…….

딸   (얼굴을 숨기고 떠난다.) 여긴 천국이 아니에요!

석탄 노동자들   네, 지옥이에요, 그래요!

막

핑갈의 동굴. 녹색의 긴 파도가 동굴 안으로 천천히 밀려오고, 전경에는 붉은색으로 칠해진 음향 부표가 파도 위에서 흔들리지만, 특정 지점에 이르러서야 부표가 울린다.

바람의 음악.

파도의 음악.

딸과 시인이 등장한다.

★

시인　날 어디로 데려온 거예요?

딸　인간들의 한숨과 신음에서 멀리 떨어진 바다 끝, 우리가 인드라의 귀라는 이름으로 부르는 동굴이에요. 여기에서 천상의 왕은 필멸의 인간들이 하는 불평을 듣는다고 해서요!

시인　어떻게? 여기에서?

딸 이 동굴이 조개껍데기처럼 만들어진 게 보이지 않아요? 그래, 보일 거예요. 당신의 귀가 조개껍데기처럼 만들어졌다는 것을 모르시나요? 알고는 있지만 그것에 대해 생각해 보지 않았을 거예요! (그녀는 해변에서 조개껍데기를 집어 든다.) 어린 시절에 조개껍데기를 귀에 대고 들어 보지 않았어요? 심장의 피가 솟구치는 소리, 머릿속에서 생각이 속삭이는 소리, 몸의 조직에서 수천 개의 낡고 작은 실이 끊어지는 소리를…… 이 작은 조개껍데기에서 들을 수 있어요. 이 커다란 곳에서 들리는 것을 상상해 보세요!---

시인 (듣는다.) 바람의 속삭임밖에 들리지 않아요…….

딸 그럼 내가 통역을 할게요! 들어라! 바람의 울부짖음이여.

(희미한 음악과 함께 낭송한다.)

하늘의 구름 아래에서 태어나

인드라 신의 번개에 쫓겨

먼지가 자욱한 땅으로 내려와서……

들판의 흐트러진 지푸라기가 우리 발을 더럽혀요,

도로의 먼지,

도시의 매연,

악취,

음식 냄새와 술 냄새 ─

우리가 견딜 수 있기를……

넓은 바다로 나가

맑은 공기를 호흡하고,

우리의 날갯짓을 하며,

우리의 발을 씻으라!

인드라 신이여, 하늘의 주인이시여,

들으소서!

우리가 한숨을 쉴 때 귀 기울여 주세요!

지구는 깨끗하지 않습니다!

삶은 피폐해요!

인간들은 악하지 않습니다,

선하지도 않습니다!

인간들은 할 수 있는 만큼 살아갑니다,

하루하루를 살아갑니다.

흙으로 빚은 아들들이 흙에서 헤매고,

흙으로 태어났다가

흙으로 돌아가리라!

그들에겐 걸을 수 있는 발은 있으나,

날 수 있는 날개는 없습니다!

그들은 먼지가 될 것입니다,

그 잘못은 그들의 탓입니까

아니면 당신의 탓입니까?

★

시인   언젠가 나는 그렇게 들었어요…….

딸 조용히 해요! 바람은 계속 노래하고 있어요!

(부드러운 음악에 맞춰 읊는다.)

바람이여, 대기의 자식들이여,

사람들의 불평을 실어 나르거라.

들리십니까?

가을 저녁 굴뚝에서

타일로 입힌 벽난로의 문에서,

창문 틈새에서,

함석지붕에 비가 내릴 때,

아니면 겨울 저녁

눈 내리는 소나무 숲에서

바람 부는 바다에서

불평하는 소리와 탄식의 소리를 들었나요

돛단배와 기차에서……

그건 바로 우리, 바람입니다,

대기의 자식들,

인간의 가슴에서 나온 것처럼

우리가 겪은 것들,

이 시련의 어조를 배웠어요……

병실에서, 전쟁터에서,

주로 보육원에서

그곳에서는 신생아들이 응애응애 울고,

한탄하고 울부짖고,

존재의 고통으로.

바로 우리, 우리가, 바람입니다.

윙윙거리며 울부짖는

불행이여! 불행이여! 불행이여!

★

시인　예전에는 나에게 이렇게 보였는데…….

딸　쉬잇! 파도가 노래하고 있어요.

(부드러운 음악에 맞춰 읊는다.)

우리는, 우리는, 파도입니다,

바람을 요람으로 흔들어

재워요!

초록색 요람, 우린 파도.

우린 젖어서 소금기를 머금고 있어요.

불의 불꽃 같아요.

우린 젖은 불꽃이라서

불이 꺼졌다가, 타오르고,

씻다가, 목욕하고,

생겨났다가 커지고,

우리는, 우린, 파도

바람을 요람으로 흔들어

재워요!

★

딸　가짜 파도와 신의가 없는 자들. 땅에서 불에 타지 않은 것은 모두 파도에 휩쓸려 ― 익사해 버려요! ― 여기 좀 보세요. (쓰레기 더미를 가리킨다.) 바다가 얼마나 강탈하고 짓밟았는지요---선수상(船首像)은 침몰한 배에만 남아 있어요……. 그리고 정의, 우정, 황금빛 평화, 희망이라는 이름에만 남아 있어요. 그게 희망의 전부예요! --- 그 기만적인 희망! --- 바', 노걸이, 바가지!' 그리고 보세요. 구명 부표…… 스스로 살아나긴 했지만, 곤궁에 처한 사람들을 죽게 했어요!

시인　(쓰레기 더미를 바라본다.) 정의라는 배의 명판이 여기 있어요. 시각 장애인의 아들과 함께 파게르빅 협만을 떠났던 배가 바로 그 배였어요! 그래서 침몰했어요! 그 배에는 알리스의 약혼자이자 에디트의 절망적인 사랑이 있었어요.

딸　시각 장애인이요? 파게르빅이요? 내가 꿈을 꾸었나 봐요! 그리고 알리스의 약혼자, 못생긴 에디트, 스캄순드와 검역소, 유황과 석탄, 교회에서의 학위 수여, 변호사 사무실, 복도와 빅토리아, 자라나는 성과 장교…….

시인　제가 한번 시로 지은 적이 있어요!

딸　그럼 시가 뭔지 알겠군요…….

시인　그럼 꿈이 뭔지 알겠어요…… 시는 무엇일까요?

딸　현실은 아니지만 현실보다 더 현실인…… 꿈은 아니지만 깨어 있는 꿈…….

시인 그리고 인간들은 우리 시인들이 단지 놀기만 한다고 생각해요…… 꾸며 내고 속임수를 쓴다고요!

딸 친구여, 물론이에요. 그렇지 않으면 세상은 격려가 부족해서 파괴될 거예요. 모두 등을 대고 누워서 하늘만 올려다보려고 할 거예요. 아무도 쟁기와 삽, 대패나 괭이를 들지 않을 거예요!

시인 인드라의 딸, 당신은 그렇게 말하시죠. 당신의 절반은 저위에 속해 있지요.---

딸 당신은 나를 비난할 권리가 있어요. 나는 이 아래에서 너무오래 걸으며 당신처럼 진흙탕에서 목욕을 했어요…… 내 생각은 더 이상 날아갈 수 없어요. 내 날개에 진흙이…… 내 발에 흙이…… 그리고 나 자신은…… (팔을 들며) 나는 가라앉고 있어요, 가라앉고 있어요…… 하늘의 계신 하나님, 아버지, 도와주세요! (침묵) 더 이상 아버지의 대답이 들리지 않아요! 에테르'는 그의 입술에서 내 귓가까지 소리를 전달하지 않습니다--- 은실이 끊어졌습니다…… 아아, 나는 땅에 묶여 있어요!

시인 일어나시겠습니까…… 곧?

딸 내가 먼지를 태우자마자…… 바다의 물로도 나를 씻어 낼수 없기 때문예요. 왜 그렇게 물어요?

시인 왜냐하면…… 나에게는 기도가 있거든요…… 탄원서요…….

딸 무슨 탄원서인데요…….

시인　몽상가가 작성한, 세상의 지배자에게 바치는 인류의 탄원서요!

딸　누가 드리는 건가요…….

시인　인드라의 딸이요…….

딸　당신의 시를 읊어 줄 수 있어요?

시인　할 수 있어요!

딸　그럼 해 봐요!

시인　당신이 더 나아요!

딸　어떤 것을 읽으면 돼요?

시인　내 마음속이나 여기요! (종이 두루마리를 건넨다.)

딸　(종이를 받지만 마음속으로 외운다.) 글쎄, 내가 말하겠어요!

★

딸　왜 너는 고통을 안고 태어났느냐,

　　왜 너는 어머니를 괴롭히느냐,

　　인간의 자식이여, 네가 드리려고 할 때

　　어머니에게 어머니의 즐거움을,

　　모든 즐거움의 즐거움을 드리는가?

　　어찌하여 너희는 생명으로 깨어나는가,

　　어찌하여 빛을 맞이하느냐,

　　악과 고통의 외침으로 맞이하는가?

왜 너는 삶을 보고 웃지 않는가,

인간의 자식이여, 생명이라는 선물은

기쁨 그 자체여야 하건만,

우리는 왜 동물처럼 태어났을까요,

신의 혈통이자 인간의 종족인 우리가?

그러나 영혼은 다른 옷이 필요했습니다.

피와 더러움의 옷이 아니라요!

하나님의 형상은 이를 갈까요…….

--- 조용히! 건방지게…… 작품은 주인을 원망하지 않아요!

아직 아무도 풀지 못한 삶의 수수께끼! ---

그러고는 경주가 시작됩니다

가시, 엉겅퀴, 돌 위에서

만약 언젠가 그것이 포장도로가 된다면

즉시 금단의 길이라고 불릴 거예요.

꽃을 꺾으면 당장!

당신은 그것이 다른 사람의 것임을 알게 되지요.

밭 때문에 도로가 폐쇄된 경우에

그리고 당신의 길을 가야 한다면,

당신은 다른 사람의 농작물을 짓밟게 됩니다

그런 다음 다른 사람들은 당신의 것을 짓밟고요,

그 차이를 줄이기 위해서요!

당신이 즐기는 모든 즐거움은

다른 모든 이들에게 슬픔을 가져다주네요,

그러나 당신의 슬픔은 아무런 기쁨도 만들어 주지 못하므로,

슬픔에 슬픔이 더해지는 것이지요!

그래서 당신의 죽음으로 가는 여정은

불행히도 다른 사람들의 빵이 되네!

흙의 아들, 지극히 높으신 분에게

그런 식으로 다가가려는 건가?

시인   흙의 아들이 어떻게 찾으리

충분히 밝고, 순수하고, 가벼운 단어들을,

땅에서 일어나려면······

신의 자식이여, 우리의 불평을

언어에 담아 주세요

불멸자들이 가장 잘 이해할 수 있게요.

딸   그럴게요!

시인   (부표를 가리키며) 거기에 무엇이 떠 있나요? 부표요?

딸   네!

시인   후두가 있는 폐와 비슷하게 생겼어요!

딸   바다의 수호자예요. 위험에 직면해 있으면 노래를 불러요.

시인   내게는 바다가 떠오르고 호수가 움직이기 시작하는 것처럼 보여요······.

딸   그것과 다르지 않아요!

시인   아아! 뭐가 보이죠? 배······ 암초 근처에!

딸 무슨 배일까요?

시인 유령선인 것 같아요.

딸 그게 뭐예요?

시인 플라잉 더치맨*이요.

딸 저거요? 그는 왜 그렇게 가혹한 처벌을 받고, 왜 육지로 가지 않는 거예요?

시인 그에게 부정한 일곱 명의 아내가 있었기 때문입니다.

딸 그 때문에 벌을 받아야 하나요?

시인 예! 바른 생각을 가진 모든 사람들이 그를 심판했어요…….

딸 이상한 세상! --- 그럼 어떻게 죄에서 구제될 수 있을까요?

시인 구제라고요? 구제해 줄 때는 조심해야 해요…….

딸 왜죠?

시인 왜냐하면…… 아니, 그것은 더치맨이 아니에요! 조난당한 평범한 배예요! --- 왜 부표가 지금 울부짖지 않는 걸까요? --- 바다가 떠오르고 호수가 솟아오르는 것을 보세요. 곧 우리는 동굴에 갇힐 겁니다! --- 지금 배에서 종이 울리고 있어요! — 곧 우리는 선수상을 하나 더 받게 될 거예요……. 외쳐라, 부표야, 네 임무를 다해라, 수호자…… [부표가 농무(濃霧) 경적(警笛)과 유사한 4성부 5~6화음을 부른다.] --- 승무원이 우리에게 손을 흔들어요…… 하지만 우리 자신은 필멸할 겁니다!

딸 당신은 구제를 원하지 않아요?

시인 그야 원하죠, 물론 원하지만 지금은 아니고…… 그리고 물에서는 안 돼요!

★

선원 (4부 합창으로 노래한다.) 주여, 자비를 베푸소서!

시인 이제 그들이 불러요. 그리고 바다가 불러요! 그러나 아무
도 듣지 않습니다.

선원 (이전과 동일하게) 주여, 자비를 베푸소서!

딸 저기에 누가 오나요?

시인 물 위를 걷는다고요? 물 위를 걷는 이는 오직 한 사람이
니—반석 위의 베드로는 돌처럼 가라앉았기 때문에 그렇지
않았어요…….

바다에 하얀 빛이 나타난다.

선원 주여, 자비를 베푸소서!

딸 그분인가요?

시인 십자가에 못 박힌 바로 그분이에요…….

딸 왜— 말해 주세요, 그가 왜 십자가에 못 박혔습니까?

시인 구제해 주길 원했기 때문에…….

딸 누가—잊어버렸네요!—누가 그를 십자가에 못 박았습니까?

시인 바른 생각을 가진 모든 사람들!

딸 정말 이상한 세상이에요!

시인 바다가 떠오르고 있어요! 어둠이 우리를 덮쳐요…… 폭풍이 거세져요…….

★

선원 (날카로운 비명을 지른다.)

시인 선원들이 구세주를 보고 공포에 사로잡혀 비명을 질러요…… 그리고 이제--- 그들이 구세주를 두려워하며 배 밖으로 도망칩니다…….

선원 (또다시 날카로운 비명을 지른다.)

시인 이제 그들은 죽으라고 비명을 지릅니다! 태어날 때 비명을 지르고 죽을 때 비명을 지릅니다!

밀려오는 파도가 위협적으로 그들을 동굴에 익사시키려 한다.

딸 내가 그것이 배라고 확신한다면…….

시인　사실은…… 나는 그게 배라고 생각하지 않아요……
2층짜리 집이고, 밖에 나무가 있고…… 그리고…… 통신 타
워…… 하늘로 뻗어 있는 타워…… 저 위로 전파를 송신하는
현대식 바벨탑이에요 ― 저 위에 메시지를 전달하기 위해서.

딸　이봐요, 인간의 생각을 보내기 위해서 금속 전선이 필요
하지는 않아요.--- 경건한 인간의 기도는 세상을 관통합니
다……. 단연코 바벨탑은 없어요. 하늘로 돌진하길 원한다면,
당신의 기도로 그것을 공격하세요!

시인　아니, 집이 아니에요--- 통신 타워도 없어요--- 저거 보
여요?

딸　무엇이 보이시나요?

시인　눈 덮인 황무지, 운동장 같은 황무지가 보여요.--- 언덕
위의 교회 뒤로 겨울 햇살이 비치고, 그 타워는 눈 위에 긴 그
림자를 드리웁니다.--- 이제 한 무리의 군인들이 황야를 행
진합니다. 그들은 타워로 행진하고 첨탑 위로 올라갑니다. 이
제 그들은 십자가 위에 있지만, 가장 먼저 수탉을 밟는 사람
은 죽어야 하는 것처럼 느껴집니다…… 이제 그들이 다가오
고 있습니다…… 선두로 가는 하사…… 하하! 구름이 태양을
지나서 황무지 위로 이동하는데…… 이제 모두 사라졌습니
다…… 구름의 물이 태양의 불을 꺼버렸어요! ― 태양의 빛이
타워의 어둠을 만들었지만, 구름의 어둠이 타워의 어둠을 질
식시켜 버렸습니다.---

위의 대사가 진행되는 동안 무대는 다시 극장 복도로 바뀐다.

딸   (여자 문지기에게) 대법관이 아직 도착하지 않았나요?

여자 문지기   아니요!

딸   그럼, 학장은요?

여자 문지기   아니요!

딸   문을 열려면 바로 그들을 부르세요…….

여자 문지기   그게 그렇게 급한 일이에요?

딸   네, 그래요! 세상의 수수께끼에 대한 해답이 그 안에 있다고 의심되니까요! --- 그러면 대법관과 네 학부의 학장들을 소환하세요!

여자 문지기   (파이프로 휘파람을 분다.)

딸   그리고 다이아몬드가 있는 유리장이를 잊지 마세요. 그렇지 않으면 아무것도 할 수 없으니까요!

★

극장 사람들   (극 시작 시 왼쪽에서 입장한다.)

★

장교   (장미 꽃다발을 손에 들고 눈부시게 행복한 모습으로 프록코트를 입고 실크해트를 쓴 채 배경막에서 입장한다.)

빅토리아!

여자 문지기 아가씨가 곧 올 겁니다!

장교 잘됐네요! 마차'가 기다리고 있고, 테이블이 준비되고, 샴페인을 얼음에 담가 놓았어요…… 제가 포옹해도 될까요, 부인. (여자 문지기를 포옹한다.) 빅토리아!

위에서 들려오는 여자 목소리 (노래를 부른다.) 나 여기 있어요!

장교 (걷기 시작한다.) 그렇군요! 기다리고 있어요.

★

시인 전에도 이런 경험을 한 것 같아요…….

딸 저도요!

시인 꿈을 꾼 걸까요?

딸 아니면 시를 쓴 건지도요. 어쩌면!

시인 시를 쓴 건지도요!

딸 그러면 당신은 시가 무엇인지 알겠군요!

시인 나는 꿈이 무엇인지 알아요!

딸 전에 우리가 다른 곳에 서서 이런 말을 한 적이 있는 것 같아요!

시인 그러면 현실이 무엇인지 곧 알아낼 수 있어요!

딸 아니면 꿈!

시인 아니면 시!

★

대법관, 신학 학부 학장, 철학 학부 학장, 의학 학부 학장, 법학 학부 학장이 나타난다.

대법관 물론 문이 닫혀 있는지 여부에 대한 문제입니다! — 신학 학부 학장님은 이 문제를 어떻게 보십니까?

신학 학부 학장 별 의견은 없고, 저는 믿습니다…… 크레도*……

철학 학부 학장 제 생각에는…….

의학 학부 학장 제가 아는 바로는…….

법학 학부 학장 증거와 증인이 나오기 전까지는 의심스럽습니다!

대법관 이제 그들은 다시 논쟁을 벌일 것입니다! --- 먼저 신학 학부 학장은 어떻게 생각합니까?

신학 학부 학장 저는 이 문이 위험한 진실을 숨기고 있기 때문에 열리지 않아야 한다고 믿습니다…….

철학 학부 학장 진실은 결코 위험하지 않습니다.

의학 학부 학장 진실이란 무엇입니까?

법학 학부 학장 두 명의 증인으로 증명할 수 있는 것입니다.

신학 학부 학장 두 명의 거짓 증인이 있으면 범법자는 무엇이든 증명할 수 있습니다.

철학 학부 학장 진실은 지혜이고, 지식은 즉 철학 그 자체입니다…… 철학은 과학의 과학이고, 지식의 지식이며, 다른 모든 과학은 철학의 하인입니다.

의학 학부 학장   유일한 과학은 자연과학입니다. 철학은 과학이 아닙니다! 그것은 단지 속이 빈 추측일 뿐입니다!

신학 학부 학장   브라보!

철학 학부 학장   (신학 학부 학장에게) 당신이 브라보라고 말했어요! 당신은 대체 어떤 사람입니까? 당신은 모든 지식의 적이고, 당신은 과학의 반대이며, 당신은 무지와 어둠입니다…….

의학 학부 학장   브라보!

신학 학부 학장   (의학 학부 학장에게) 당신은 브라보, 라고 말하는군요. 돋보기로 코보다 더 멀리 볼 수 없는 당신, 눈의 기만적인 감각만 믿는 당신은 예를 들면 원시일 수도, 근시일 수도, 시각 장애인일 수도, 사시일 수도, 침침한 눈일 수도, 사팔뜨기일 수도, 외눈일 수도, 색맹일 수도, 적색맹일 수도, 녹색맹일 수도 있는데…….

의학 학부 학장   바보 같으리라고!

신학 학부 학장   당나귀 같은 고집쟁이!

그들은 논쟁에 휩싸인다.

대법관   가만있어요! 한 마리 까마귀가 다른 까마귀의 눈을 쪼아서는 안 됩니다.

철학 학부 학장   신학과 의학, 둘 중 하나를 선택해야 한다면 저는 둘 다 선택하지 않겠소!

법학 학부 학장   그리고 내가 여러분 세 사람을 심판한다면, 당신들 모두 정죄할 겁니다! 여러분은 한 가지 요점에도 절대로 동의할 수 없을 것입니다! 다시 요점을 말하자면! 이 문과 이 문의 개방에 대한 대법관님의 의견은 무엇입니까?

대법관   의견이라고요? 전 의견이 없습니다. 저는 단지 여러분이 젊은이들을 교육하는 동안 --- 대학 평의회에서 서로의 팔과 다리를 부러뜨리지 않는지 살펴보도록 정부에서 임명한 것입니다. 의견이요? 아니요, 저는 의견에 대해 조심합니다. 저는 한때 몇 가지가 있었지만 즉시 반박을 받았습니다 — 물론 상대방에 의해서요! --- 위험한 진실을 숨기는 위험을 감수하고서라도, 이제 문을 열 수 있을까요?

법학 학부 학장   진실이란 무엇입니까? 진실은 어디에 있습니까?

신학 학부 학장   나는 진리요, 생명이니…….

철학 학부 학장   나는 지식의 지식이요…….

의학 학부 학장   나는 정확한 지식입니다…….

법학 학부 학장   나는 그것을 의심합니다!

그들은 논쟁에 휩싸인다.

★

딸   젊은이들의 선생님들, 부끄럽네요!

법학 학부 학장   정부의 대리인이자, 교수협의회의 수장인 대법관님이 이 여성의 범죄를 기소하십시오! 그녀는 여러분에게 부끄럽다고 했는데, 이것은 모욕입니다. 그리고 그녀는 경멸적이고 비꼬는 말로 당신을 젊은이들의 선생님이라고 불렀는데, 그것은 모욕적인 말입니다!

딸 불쌍한 젊은이들이여!

법학 학부 학장 그녀는 젊은이들을 불쌍하다고 합니다. 이건 우리를 비난하는 겁니다. 대법관님, 이 범죄를 기소하십시오!

딸 네, 저는 당신들을 고발합니다, 당신들 전부를요. 젊은이들의 마음에 의심과 혼란을 심어 주었으니까요.

법학 학부 학장 들어 보세요, 그녀는 젊은이들 사이에서 우리의 권위에 대해 의심을 제기하고 나서 다시 우리가 의심을 제기한다고 비난합니다! 이건 범죄 행위가 아닙니까. 제가 바른 생각을 가진 모든 사람에게 물어볼까요?

★

바른 생각을 가진 모든 사람 네, 형사상 범죄입니다.

법학 학부 학장 바른 생각을 가진 모든 사람이 당신을 심판했습니다! ― 당신이 이득 본 걸 가지고 조용히 제 갈 길 가시오! 그렇지 않으면…….

딸 내가 이득을 보다니요? ― 그렇지 않으면요? 그렇지 않으면 뭐요?

법학 학부 학장 그렇지 않으면 당신은 돌팔매질 당할 거예요!

시인 아니면 십자가에 못 박히거나요.

딸 난 갈게요! 나를 따라오면, 수수께끼를 알게 될 거예요!

시인 무슨 수수께끼요?

딸 "내가 이득 본 거"라는 말은 대체 무슨 말인가요?

시인 아마 아무것도 아닐 거예요! 그게 바로 우리가 말이라고 부르는 거죠.

딸 하지만 그는 그것으로 나의 마음 깊숙이 모욕을 주었어요!

시인 그러기 위해서 그 사람도 그렇게 말한 겁니다! --- 사람 이란 원래 그런 거예요!

★

바른 생각을 가진 모든 사람들 만세! 문이 열렸다!

★

대법관 문 뒤에 무엇이 숨겨져 있었습니까?

유리장이 아무것도 보이지 않아요!

대법관 그가 아무것도 안 보인답니다. 아니, 보이는 것 같아요! --- 학장님들! 문 뒤에 무엇이 숨겨져 있었습니까?

신학 학부 학장 아무것도 없어요! 이게 세상의 수수께끼에 대한 해답입니다! --- 하나님께서 태초에 무(無)에서 천지를 창조 하셨습니다.

철학 학부 학장 무에서는 아무것도 나오지 않아요!

의학 학부 학장 에이! 아무것도 아니에요!

법학 학부 학장 나는 의심이 됩니다. 그리고 여기에는 속임수가 있습니다. 나는 바른 생각을 가진 모든 사람들에게 호소합니다!

딸 (시인에게) 바른 생각을 가진 모든 사람들은 누구예요?

시인 예, 누구든요, 할 수 있는 사람은 누구나 말해요. 바른 생각을 가진 모든 사람들은 보통 한 사람뿐입니다. 오늘은 나와 나의 사람들, 내일은 당신과 당신의 사람들! — 임명이 되거나, 또는 정확하게 말하면 임명을 하는 겁니다!

★

바른 생각을 가진 모든 사람들 우리는 속았다!

대법관 누가 당신을 속였습니까?

바른 생각을 가진 모든 사람들 딸!

대법관 이 문이 열리는 게 무슨 의미인지 우리에게 말씀해 주시겠습니까?

딸 아니, 친구분들! 내가 말해도, 당신들은 그것을 믿지 못할 거예요!

의학 학부 학장 거기에는 아무것도 없습니다.

딸 당신이 그렇게 말했잖아요! — 하지만 당신은 그것을 전혀 이해하지 못했어요!

의학 학부 학장 그녀가 그렇게 말하는 것은 쓸데없는 말입니다!

모두 쓸데없는 말!

딸 (시인에게) 불쌍한 사람들!

시인 진심이에요?

딸 항상 진심이에요!

시인 바른 생각을 가진 모든 사람도 불쌍한가요?

딸 아마도 대부분이요!

시인 네 학부도요?

딸 당연하죠! 한 몸에 네 개의 머리, 네 개의 감각! 누가 저 괴물을 만들었을까요?

모두 그녀가 대답하지 않아요!

대법관 그러면 그녀를 때려!

딸 나는 대답했어요!

대법관 그녀의 대답을 들어 보세요!

모두 그녀를 쳐라! 그녀는 대답하라!

딸 그녀가 대답하든 대답하지 않든, 그녀를 쳐라! --- 자, 예언자여, 나는 여기에서, 멀리 떨어져서! — 수수께끼를 당신에게 낼게요—아무도 우리의 말을 듣지 않는 광야에서, 아무도 우리를 보지 못하는 것은! 왜냐하면,---

★

변호사 (앞으로 나오며, 딸의 팔을 잡는다.) 당신의 의무를 잊었습니까?

딸 오 이런, 안 돼! 하지만 나에게는 더 큰 의무가 있어요.

변호사 그리고 당신의 아이는?

딸 내 아이! 또 뭐요?

변호사 당신의 아이가 당신을 부르고 있어요!

딸 내 아이! 아아, 나는 땅에 묶여 있어요! --- 그리고 내 가슴의 이 고통, 이 괴로움…… 이게 뭐죠?

변호사 몰라요?

딸 네!

변호사 양심의 가책입니다.

딸 이게 양심의 가책일까요?

변호사 예! 그리고 그것들은 모든 의무를 소홀히 한 후에, 모든 쾌락, 만약 지금 무고한 쾌락이 있다면, 심지어 가장 무고한 쾌락 이후 나타나는데, 그것은 불확실합니다. 그리고 모든 고통 후에 자신의 가까운 사람에게 해를 끼치게 됩니다.

딸 그러면 치료법은 없나요?

변호사 있어요, 하지만 단 하나뿐입니다! 즉시 의무를 이행하는 것입니다.---

딸 의무라는 단어를 말할 때 당신은 악마처럼 보여요! —하지만 나처럼 두 가지 의무를 이행해야 할 때는요?

변호사 그러니까 먼저 첫 번째 의무를 이행한 다음 다른 하나를 이행해요!

딸 최고의 의무를 먼저…… 그래서 내 아이, 당신을 돌보고 나는 *내* 의무를 다할 거예요…….

변호사 당신의 아이는 그리움으로 고통받고 있어요.--- 인간이 당신을 위해 고통받고 있음을 알고 있나요?

딸 이제 내 영혼에 혼란이 생겼어요…… 그것은 두 조각으로 찢겨서 두 방향으로 골치를 썩게 만들어요!

변호사 삶의 작은 부조화예요.

딸 오, 너무 힘들어요!

★

시인 최고의 의무라고 표시한 소명, 나의 소명을 완수함으로써, 내가 어떤 슬픔과 황폐함을 퍼뜨렸는지 알고 있다면 당신은 내 손을 잡고 싶지 않을 거예요!

딸 어떻게요?

시인 나에게는 사업을 이어갈 유일한 아들로 나에게 희망을 걸었던 아버지가 계셨는데…… 나는 경영 대학원에서 도망쳤어요……. 나의 아버지는 비탄에 잠겨 돌아가셨어요. 나의 어머니는 내가 종교인이 되기를 원하셨습니다…… 나는 종교인이 될 수 없었어요……. 그녀는 나와 의절해 버렸어요……. 내가 어려운 시기에 나를 지지해 준 친구가 있었어요……. 그친구는 내가 말하고 노래하는 사람들에 대해 폭군처럼 행동했어요. 나는 내 영혼을 구하기 위해서 내 친구이자 은인을 쓰러뜨려야 했어요! 그 이후로 나는 평화가 없었어요. 사람들은 나를 불명예스러우며 쓰레기라고 불러요. 다음 순간 내 양심이 다음과 같이 말하기 때문에 내 양심이 옳았다고 말하는 것은 도움이 되지 않습니다. 당신은 잘못했습니다. 그런 것이 인생입니다!

★

딸   나를 따라 광야로 가요!

변호사   당신의 아이!

딸   (참석자 모두를 가리키며) 여기 내 아이들이 있어요! 하나하나 착하지만, 우연히 만나면 타락하여 악마가 될 거예요…… 안녕히 가세요!

★

성 밖. 1막의 첫 번째 장면과 똑같은 장식. 하지만 지금은 성 밑에 있는 땅이 이제 꽃으로 뒤덮여 있다(파란 아코니툼, 투구꽃). 등불 꼭대기에 있는 성의 지붕에는 터질 것 같은 국화 꽃봉오리가 보인다. 성의 창문은 촛불이 켜져 있다.

딸과 시인이 등장한다.

딸   불의 도움으로 내가 다시 에테르 위로 올라갈 날이 멀지 않았어요……. 이것이 여러분들이 죽음이라고 부르는 것이고 당신이 두려워하는 것이에요.

시인 미지의 것에 대한 두려움!

딸 당신도 알다시피…… .

시인 누가 그것을 아나요?

딸 모두요! 왜 예언자들을 믿지 않나요?

시인 예언자들은 항상 불신을 받아 왔습니다. 왜 그럴까요? ─ 그리고 "하나님이 말씀하셨다면, 왜 사람들이 믿지 않겠습니까?" 그의 설득력은 거부할 수가 없어요!

딸 당신은 항상 의심했나요?

시인 아니요! 나는 여러 번 확신을 가졌지만 시간이 지나면 깨어나는 꿈 같아요!

딸 인간이 된다는 건 쉽지 않아요!

시인 당신은 그것을 깨닫고 인정합니까?---

딸 네!

시인 들리나요! 한때 인류의 불평을 듣기 위해 자신의 아들을 이곳으로 보낸 게 인드라 아니었나요?

딸 네, 그랬어요! 그를 어떻게 받아들였나요?

시인 그는 어떻게 임무를 완수했나요? 질문으로 대답할게요.

딸 다른 것으로 대답하려면…… 그가 이 땅에 방문한 후에 인간의 지위가 개선되지 않았나요? 진실되게 대답하세요!

시인 개선되었다고요? ─ 네, 조금요! 아주 조금요! --- 하지만 묻는 대신에, 수수께끼를 하나 말해 주겠어요!

딸 네! 하지만 무슨 목적으로요? 당신은 나를 믿지 않는군요!

시인 나는 당신이 누군지 알고 있기 때문에 당신을 믿고 싶어요!

딸 좋아요 그럼, 내가 말할게요! 태양이 비치기 전 태고의 아침에 신성한 원초적 힘인 브라마는 세상의 어머니인 마야의 유혹을 받아 아이를 얻게 되었어요. 신성한 원초적 물질이 이 땅의 물질과 접촉한 것이 바로 천국의 타락이었어요. 그러므로 세상과 삶, 인간은 환상, 가상, 꿈의 이미지에 불과합니다.---

시인 내 꿈!

딸 진정한 꿈! --- 그러나 지상의 물질로부터 해방되기 위해 브라마의 후손들은 금욕과 고통을 추구해요……. 거기에서 당신은 구제자로서 고통을 겪고 있는 겁니다……. 그러나 고통받고자 하는 이 충동은 쾌락이나 사랑에 대한 욕망과 충돌하게 되지요……. 당신은 사랑이 무엇인지 이해해야만 합니다. 가장 큰 고통 속에서 최고의 기쁨을, 가장 쓰라린 고통 속에서 최고의 달콤함이 있는 사랑! 여성이 무엇인지 이제 이해하시나요? 죄와 죽음이 생명 안으로 들어온 것에 대해?

시인 이해해요! --- 그리고 끝은……?

딸 당신이 느끼는 것…… 쾌락의 고통과 고통의 쾌락 사이의 싸움…… 참회하는 자의 고뇌와 쾌락의 즐거움…….

시인 그러니까 싸움?

딸 불과 물이 증기의 힘을 만들어 내듯이, 대립물 사이의 투쟁은 힘을 만들어 내지요…….

시인 그러나 평화는요? 안식은요?

딸 쉿, 당신은 더 이상 묻지 말아요. 그리고 나는 대답해선 안 돼요! --- 제단은 이미 희생을 위해 장식되어 있어요 --- 꽃들이 지키고 있어요. 촛불이 켜져 있고…… 창문은 하얀 시트로…… 출입구에는 가문비나무 가지로…….

시인 당신은 이것을 마치 당신에게 고통이 존재하지 않는 것처럼 침착하게 말하는군요!

딸 않는 것처럼요? ……나는 당신의 모든 고통을 겪었지만 내 감각이 더 미세했기 때문에 수백 배로 고통을 받았어요…….

시인 당신의 슬픔을 말해 봐요!

딸 스칼드(시인이여), 당신은 한 마디도 빠져나가지 않게 당신의 말을 할 수 있나요? 당신의 말이 당신의 마음에 닿을 수 있나요?

시인 아니, 당신 말이 맞아요! 나는 내 앞에서 귀머거리처럼 걸었고, 군중이 내 노래를 감탄하며 들었을 때 나는 그것이 고함소리라는 것을 깨달았어요—그래서 사람들이 나를 칭찬할 때 나는 항상 부끄러웠어요!

딸 그러면 나이길 원해요? 내 눈을 똑바로 봐요!

시인 나는 당신의 시선을 견딜 수 없어요…….

딸 만약 내가 내 언어로 말한다면, 내 말을 어떻게 견딜 수 있겠어요!---

시인 하지만 가기 전에 말해 줘요. 이 아래에서 가장 힘들었던 게 뭐였어요?

딸 그건—내 눈의 시력이 약해지고, 내 귀의 청력이 무뎌지고, 내 생각, 여유가 있는 밝은 생각이 뒤엉켜 버린 미로에 묶여 있는 상태를 느끼는 것이었어요. 당신은 뇌를 본 적이 있잖아요…… 얼마나 비뚤비뚤하고, 얼마나 기어가는 길인지…….

시인   맞아요. 그래서 바른 생각을 가진 모든 사람이 비뚤어진 생각을 하는 거예요!

딸   비열한, 항상 비열한, 하지만 당신들 모두가 그래!---

시인   어떻게 그러지 않을 수 있겠어요?

딸   이제 나는 먼저 자리를 박차고 나와 떠나 버릴 거예요…… 땅, 진흙…….

그녀는 신발을 벗어 불 속에 넣는다.

★

여자 문지기   (숄을 불 속에 집어넣는다.) 내 숄을 태워도 될까요? (퇴장한다.)

장교   (입장한다.) 그리고 가시만 남은 나의 장미들도! (퇴장한다.)

포스터 붙이는 남자   (입장한다.) 포스터는 사라질지라도 결코 희망을 버리지 마세요! (퇴장한다.)

유리장이   (입장한다.) 다이아몬드? 문이 열렸어요! 잘 가요! (퇴장한다.)

변호사   (입장한다.) 교황의 수염이나 갠지스 강물의 감소에 관한 위대한 재판의 기록. (퇴장한다.)

검역소 소장　(입장한다.) 내 의지와 상관없이 나를 아프리카인
으로 만든 검은 벌레의 작은 공헌! (퇴장한다.)

빅토리아　(입장한다.) 나의 아름다움, 나의 슬픔! (퇴장한다.)

에디트　(입장한다.) 나의 추함, 나의 슬픔! (퇴장한다.)

시각 장애인　(입장해서 손을 불 속에 집어넣는다.) 나는 내 눈을
위해 내 손을 바친다! (퇴장한다.)

돈 후안　(휠체어를 타고 입장)

요부와 요부의 친구가 등장한다.

돈 후안　서둘러, 서둘러, 인생은 짧아! (다른 사람들과 퇴장한다.)

★

시인　나는 인생이 끝날 때 모든 것과 모든 사람이 단 하나의 퍼
레이드로 빠른 속도로 스쳐 지나간다는 것을 읽었습니다……
이것이 끝인가요?

딸　그래요, 그건 내 몫이에요! 안녕!

시인　작별이라고 말해 줘요!

딸　아니요, 난 할 수 없어요! 당신의 말이 우리의 생각을 말할
수 있다고 생각하세요!

신학 학부 학장　(분노하며 입장한다.) 나는 신으로부터 인정받지 못하고, 사람들에게 박해받고, 정부로부터 버림받고, 동료 목사들에게 조롱을 당했습니다! 아무도 믿지 않는데 어떻게 내가 믿을 수 있겠습니까---자기 자신을 변호하지 않는 신을 내가 어떻게 변호할 수 있겠습니까? 그건 쓰레기야! (책을 불에 던지고 퇴장한다.)

★

시인　(불에서 책을 꺼낸다.) 이게 무엇인지 아세요……? 순교자 달력이에요. 연중 매일 순교자가 적힌 달력이죠.

딸　순교자요?

시인　네, 그렇습니다. 자신의 믿음 때문에 고통을 받고 죽임을 당한 사람입니다! 이유를 말해 주세요!

딸　고문을 당하는 사람은 모두 고통스럽고, 죽임을 당하는 사람도 모두 고통을 느낀다고 생각하세요? 고통은 구속이고 죽음은 해방입니다.

★

크리스틴　(종이 조각으로) 붙이고 막고, 붙이고 막고, 더 이상

붙일 것이 없을 때까지 붙이고 막고…….

시인   그리고 천국 자체가 찢어졌다면, 거기를 붙여 넣으려고
하겠지요…… 가요!

크리스틴   성에는 안쪽 창문이 없나요?

시인   예, 거기에는 없습니다!

크리스틴   (퇴장한다.) 그럼 내가 갈게요!

★

딸   우리의 이별이 임박했고 종말이 다가오고 있어요,

안녕 인간의 자식들이여, 몽상가여,

사는 법을 가장 잘 아는 시인이여,

땅 위로 솟아오르는 날개에,

때때로 당신은 흙이 된 시체 사이를 잠수해요.

달라붙지 않고 닿게 하려고!

––––––––––––––––––––––––––––––

이별의 순간이 되어…… 이제 내가 갈 때

친구, 장소와 헤어져야 할 때,

사랑했던 것을 잃는다는 것은 얼마나 큰일인가요?

그리고 깨뜨린 것에 대한 후회……

아, 이제야 그 아픔이 온몸으로 느껴지네,

인간이란 이런 것이구나–––

소중히 여기지 않은 것도 그리워하고

깨뜨리지 않은 것에 대해 후회도 하고……

떠나고 싶고, 머물고도 싶어 하고……

그러면 마음의 반쪽이 찢어집니다,

그리고 감정은 두 말 사이에 당겨지는 것처럼 갈기갈기 찢어
지고

모순, 우유부단, 부조화……

– – –

안녕! 형제자매들에게 내가 그들을 기억한다고 전해 주세요,

이제 내가 그리로 가서 그들의 불평을

주의 이름으로 내가 그 권좌까지 짐 지고 가리라.

안녕!

그녀가 성으로 들어간다. 음악이 들린다! 배경은 불타는 성에 의해
비춰지고 이제 인간의 얼굴, 질문, 애도, 의심의 벽을 보여 준다…….
.성이 불타면서 지붕의 꽃봉오리가 거대한 국화로 변한다.

끝

주

14   **식모**   등장인물 크리스틴을 말함.

15   **바키스는 기꺼이**   존 브로햄(Hohn Brougham)이 각색한 찰스 디킨스(Carles Dickens)의 소설 『데이비드 코퍼 필드(*David Copperfield*)』(1849)에서 클라라에게 간결하게 청혼을 하는 바키스의 유명한 대사

   알파공   몰리에르의 희곡 「수전노」에 나오는 주인공

36   **디종**   프랑스 중동부의 도시

39   **쇼티세**   폴카 비슷한 윤무

42   **프록코트**   2열의 단추가 달린 외투의 일종

43   **일꾼**   스웨덴의 전형적인 무산계급으로 현물로 일 년의 사경을 받던 농장의 농사 일꾼 또는 일반 일꾼

48   **꿈이 현실이 될 거예요**   스웨덴 서민 풍습에 따르면, 젊은 미혼 여성이 하지절 밤에 아홉 종류의 꽃을 꺾어서 베게 밑에 넣고 자면 꿈속에서 자신의 미래 배필감을 보게 된다고 한다.

49   **무슈**   미스터

50   **요셉**   성경에서 언급되는 인물로, 이집트 사령관인 보디발의 아내가 족장 야곱의 아들 요셉을 유혹하려고 했지만 끝내 이를 거절한다.

52 **생명의 나무** 천국의 생명나무를 말한다. 이 나무의 열매는 그것을 먹은 사람에게 영생을 준다고 한다.

57 **릭스달레르** 스벤스카 릭스달레르(svenska riksdaler)는 1604년에 처음 주조된 스웨덴 동전의 이름이었는데, 1777년에서 1873년 사이에는 스웨덴의 통화였다. 달레르는 달러와 마찬가지로 독일 탈러의 이름을 따서 명명되었다.

59 **조그만 나무통** 39.25리터의 물건을 담는 통
달고 약한 맥주 svagdricka(약한 술 또는 마실 것)이라는 뜻의 전통적인 음료

60 **호텔의 전용 버스** 말이 끄는 버스
코모 북부 이탈리아의 도시로 스위스와의 국경 가까이에 있다.

61 **몸이 움츠러들어요** 스트린드베리가 처음 썼던 원본 원고에는 "절을 하고 싶었어요(vill jag buga mig)"라고 쓰여 있다.

63 **후원자** 운용 자금을 투자하는 사람

66 **Merde(허튼 소리)** 프랑스어로 '똥'이라는 의미

69 **멀드와인** 설탕과 향료를 첨가하여 데운 와인

72 **혼인 재산 계약** 혼인 재산 계약이 1920년에 시행되기 전에는, 남자의 관리로부터 특별히 제외하지 않는 한, 합법적인 부부의 유산에서 모든 재산뿐만 아니라, 부인의 개인 재산도 남자가 주인이었다.

74 **짐승은 죽여 버린다** 여기에서는 수간(獸姦)을 가리킨다. 이에 대한 형벌은 스웨덴 형법 18장 10조에 따라 규정되어 있었다. "동물과 성관계를 행할 시 최고 2년의 징역형에 처한다(öfvar någon otukt med djur: varde dömd till straffarbete i högst två år.)"

75 **여자를 농락** 불륜으로 성관계를 가짐으로써 명예를 더럽힌 것

77 **국민 부흥** 1750~1900년 사이에 있었던 스웨덴 국민 부흥을 일컫는다.

79   **남자용 와이셔츠 가슴판** 깃이 있는 와이셔츠의 가슴 부분으로 단단하고 분리가 되는데, 넥타이를 그곳에 묶는다.

80   **세례 요한의 참수 부분일 거야, 아마도** 하지절(6월 24일)의 복음서 원문은 1942년 이후에 세례 요한의 탄생을 묘사하고, 그 이전의 1861년 복음서의 장엄미사에 따르면 세례 요한의 참수를 다룬다.

84   **트롤의 마법이 풀리죠** 태양이 뜰 때 트롤(괴물 내지는 한국의 도깨비 비슷한 이미지)이 터져 버린다는 개념으로 고대 북유럽 신화에서 찾아볼 수 있다.

86   **서랍** 서랍이 달린 접는 책상

87   **박살이 나고** 장례식에서 교회의 위패에 붙이기 위해서 귀족의 문장이 사용되는데, 만약 가문이 끊기면 관에 대고 부서 버린다.

      방앗간 주인은 이제 그냥 쉽게 하시죠 본문 76쪽을 보면 미스 줄리의 시조가 방앗간 주인이라고 나온다.

89   **루드비히왕** 바이에른 왕국의 국왕 루드비히 2세는 예술적인 감성이 뛰어나고 화려한 성을 짓기 좋아했다. 그에 의해 지어진 성은 모두 3개인데 노이슈반슈타인성, 린더호프성, 헤렌킴제성이 그것이다. 1886년 6월 8일 궁정 의료진에 의해 정신병자로 판정되어 폐위되고, 폐위 5일 뒤인 6월 13일에 뮌헨 근처의 슈타른베르크호수에서 익사체로 발견되었다.

92   **먼저 될 자가 많으리라** "그러나 먼저 된 자로서 나중 되고 나중 된 자로서 먼저 될 자가 많으니라". 마태복음 19장 30절에 나오는 최후의 심판에 대한 예수님의 말씀을 암시함.

      들어가는 것보다 쉬워요 마태복음 19장 24절에 나오는 구절

102   **인드라** 인도 신화에 나오는 신. 삼주신인 브라흐마, 비슈누, 시바를 제외하면 신화 내에서 가장 지위가 높은 신으로 인도 신화에서 신들의 왕으로 불린다. 그러면서 대지 위에 있는 모든 종족과 인종을 품을 수가 있는 인간의 친구로도 여겨지는 신이며, 동시에 천둥과 번개를 다루는 뇌신이자 무훈을 세우는 전쟁신이며 풍요, 비,

번개, 천둥, 폭풍을 관장하는 신이다.

103 **슈크라** 금성(Venus)의 신

111 **실크 만틸라** 스페인, 멕시코 등지에서 여자의 머리와 어깨를 덮는 베일의 일종.

113 **스위스의 로빈슨 가족** 『스위스의 로빈슨 가족(*Der Schweizerische Robinson*)』은 1812년에 처음 출판된 요한 데이비드 위스의 소설로 오스트레일리아 포트잭슨만으로 가는 도중 동인도 제도에서 난파된 스위스 가족과 관련된 소설이다.

120 **물통** 1860년대 스톡홀름에 수도관이 도입되기 전 부엌 입구 근처에 두었던 물통.

소금 저장고 소금을 보관한 뚜껑을 닫아 놓은 상자로, 일반적으로 요리용 난로(화덕) 근처에 두었다.

121 **뚫어 놓았었죠** 환기를 위한 구멍을 낸 식료품 저장실은 주택 내부보다 더 시원했기 때문에 현관(층계)에 놓아두었다.

134 **새 키우는 사람** 마태복음 6장 26절 참조.

138 **유리 조각** 안데르센의 동화『눈의 여왕』을 보면 악마의 마법 거울이 땅에 떨어져서 산산이 부서진 조각이 사람들의 눈에 박히자 모든 것이 왜곡되고 추해 보인다.

139 **법학은 종들 자신을 제외한 모든 이의 종이죠** 1833년 하인헌장에 가혹하게 제정되어 있는 부분을 지칭

키리에 Kyrie elesion. 구약성경, 시편 6장 3절, 31장 10절에 근거한 기도문. 주님, 자비를 베푸소서, 라는 뜻이며 제사장과 회중이 노래하는 대미사 의식의 일부인 '키리'를 외친다.

140 **핑갈의 동굴** 스코틀랜드 서부 해안의 이너헤브리디스제도 스태파섬에 있는 높이 약 35미터, 폭 12미터, 깊이 70미터의 유명한 해변 동굴로, 산의 수직 6면 기둥을 형성한 주상절리가 부서져서 잔해가 바다에 의해 갈라져서 형성되었다. 동굴 바닥은 해수면 아래에 있으며, 파도가 만들어 내는 웅장한 음색의 조화를 암시하는 게일

어로 '음악 동굴'인 'Uaimh binn'으로 불린다.

146 **해꽃속**   향기로운 푸른 꽃을 가진 관상용 식물로 그리스어로 helio(태양), trepin(돌리다)의 이름을 땄으며, 주로 창문에 놓아둔다. 이 식물의 가지는 입사광을 향해 뻗어 있다.

외레   본래 스웨덴어 각각 크로나(krona), 외레(öre)이다. 크로나는 스웨덴 왕국의 공식 통화로 1873년부터 스웨덴의 화폐 단위로 사용되었다. 반면에 '외레'라는 단어는 궁극적으로 금을 뜻하는 라틴어에서 파생되었으며, 2010년 9월 30일에 단종되었다.

카페   스웨덴의 옛 도량형, 1카페(kappe)=4.6리터.

147 **악셀**   변호사 이름.

150 **파르나소스산**   그리스의 신성한 산이자 아폴로와 뮤즈의 고향인 파르나소스의 이름을 딴 것으로, 철학부 박사 학위의 상징인 월계관을 수여하는 무대를 비유적으로 표현한 것이다.

152 **히드**   식물로 각종 히스의 총칭.

153 **작은 이탈리아 빌라**   1800년대 푸루순드해협의 소유주인 크리스티얀 함메르가 이 섬에 해수욕을 하러 온 사람들에게 빌려 준 빌라로 흰색에 화려한 베란다와 아라베스크가 있고, 외관에 콜라나, 베니스, 소렌토 등과 같은 멋진 이탈리아 이름이 붙어 있는 경우가 많았다.

바루나   힌두교에 나오는 창공과 물의 신

156 **머드욕**   류머티즘 치료로 쓰인 머드욕은 푸루순드의 온천탕 같은 데에서 행해졌다.

프타   프타(Ptah)는 고대 이집트 신화의 창조신으로 파괴의 여신 세크메트의 남편이다. 프타는 예술과 수공예의 수호신이기도 하다. 프타의 이름은 건립자라는 뜻도 있다.

158 **살찐 송아지를 도축하고 있는데**   탕자의 귀환에 대한 예수님의 비유로 누가복음 15장을 암시한다.

159 **하룬 알 라시드**   하룬 알 라시드는 압바스왕조의 제5대 칼리프로

압바스왕조의 전성기를 이끌었다. 천일야화에 그의 일화가 잘 기술되어 있다.

164　**클럽하우스**　다양한 사교 모임, 이벤트 및 회의에 사용되는 건물이나 장소를 말하며, 종종 클럽, 사회 또는 조직과 관련이 있다. 이러한 장소는 스웨덴 대부분의 도시와 마을에서 흔히 볼 수 있으며 문화, 사교, 커뮤니티 활동에 사용된다.

166　**토카타**　즉흥풍이 강한 곡의 형식이며, 16세기경 이탈리아에서 발생된 것으로 본다. 대표적인 음악가로는 바흐가 있다.

169　**닐스**　남자아이의 이름.

170　**포스테리우스 프리우스**　posterius prius. 뒤바뀐 세상 또는 불합리한 세상. 후자의 전자라는 뜻으로, 고전 논리학에서 추론 용어의 논리적 순서를 무시하는 것을 의미한다.

176　**반복**　키에르케고르의 저서 『반복(*Gjentagelsen*)』을 떠올리지만, 이 개념은 키에르케고르의 철학에서는 덜 부정적인 의미를 지니고 있다.

　　　　균형을 회복하려고 합니다　시지프스 신화를 응용한 대사로 보인다.

190　**바**　선박의 난간 지지대를 연결해 주는 바.

　　　　바가지　배 밑바닥의 괸 물을 퍼내는 바가지.

191　**에테르**　유기 화합물, 마취제.

195　**플라잉 더치맨**　플라잉 더치맨은 신성 모독과 오만함 때문에 마지막 날까지 배와 함께 바다를 떠돌아야 하는 형을 선고받은 네덜란드 선장이다.

200　**마차**　접이식 상단과 4개의 좌석이 있는 가벼운 4륜 여행용 마차를 말하며, 보통 말 한 마리가 끌었다.

201　**크레도**　라틴어로 credo는 '나는 믿는다'라는 뜻이다.

해설

현대 연극의 아버지, 스트린드베리의 작품 세계

홍재웅(한국외대 스칸디나비아어학과 교수)

요한 아우구스트 스트린드베리(Johan August Strindberg, 1849~1912)는 입센과 더불어 북유럽을 대표하는 세계적인 극작가이며 스웨덴의 셰익스피어라고 불리는 천재 극작가다. 자연주의의 백미로 꼽히는 『미스 줄리(*Fröken Juliöe*)』와 『아버지(*Fadren*)』 등의 작품을 통해서 세간의 커다란 주목을 받은 이후에도 끊임없이 새로운 형식을 추구한 스트린드베리는 인간의 비이성적 혹은 무의식적 요소들을 연극에 도입함으로써 표현주의의 선구자가 되었다. 이처럼 20세기 서구 드라마에 엄청난 영향을 끼쳤던 그는 연극사에서 '현대 연극의 아버지'로도 불리며, 사후 100년을 넘긴 현재까지도 그의 작품들은 전 세계의 관객들을 사로잡고 있다.

스트린드베리는 다재다능하고 창조적인 작가로 생애 통산 62편의 희곡을 남겼을 뿐만 아니라 소설과 시, 수필 등 모든 장르를 아우르는 작품들을 남겼다. 심지어 그는 연극인, 화가, 사진가, 중국학 연구자 등 다양한 영역들을 섭렵했다. 이러한 그의 활동은 작품에도 자양분이 되어 잘 녹아들어 있다. 그 가운데, 스웨덴 사실주의 문학의 지평을 연 작품으로 평가받는 스트린드베리의 자전적 장편소설 『하녀의 아들(*Tjänstekvinnans son*)』을 통해 위대한 극작가의 모습을 엿볼 수 있다.

그곳에 있는 동안, 그의 몸에서는 예사롭지 않은 열정이 피어났다. 그러는 동안에 머릿속에서는 지난 과거의 기억들이 일목요연하게 정리되었고, 일부의 기억들은 제거되었다. 새로운 주인공이 연기를 하고 자신의 극에 출연해 있는 배우들이 그의 시야에 들어왔다. 두세 시간이 지나자, 바로 그는 머릿속에서 2막의 코미디를 완성시켰다.

새로운 작품을 구상하는 작가 스트린드베리의 모습을 잘 묘사해 주는 대목이다. 스트린드베리는 천재적인 감각으로 빠르고, 생생하고 구체적인 장면을 머릿속에 떠올려 작품을 바로 써냈다. 그의 작품들에서는 자신과 자신의 삶을 큰 부분으로 다루고 있기 때문에 그의 삶을 함께 살펴보는 것은 매우 의미가 있다.

스트린드베리는 빚더미에 빠져 파산한 해운업자이며 귀족이었던 아버지와 여관에서 종업원으로 일했던 어머니 사이에서 1849년 1월 22일에 태어났다. 셋째 아들이었던 스트린드베리는 여섯 명의 남매와 함께 스톡홀름에서 유년 시절을 보냈는데,

본인은 가난과 방치의 시절이었다고 기억한다. 그의 어머니는 열한 명의 자식 중에 네 명을 잃었고, 자신도 스트린드베리가 열세 살 때 사망했다. 고등학교 졸업 후, 웁살라대학에서 화학과 의학 공부를 시작하였지만, 왕립극장의 배우가 되고픈 꿈으로 학업을 충실히 따라가지 못했다. 급기야 배우의 소질을 인정받지 못하게 되면서 배우를 포기했지만, 글에 남다른 재주가 있었던 그는 작가가 되기로 결심하고 대학으로 돌아가서 작품을 쓰기 시작한다. 이후 스웨덴 최대 조간신문사인 다겐스 뉘헤테르(Dagens Nyheter)에서 기자로 일하기도 하고, 스톡홀름 왕립도서관에서 사서, 그 외에 교사로 일하기도 했다.

1872년에 처음 집필을 시작한 후 여러 차례 작업을 거쳐 완성한 희곡 「마스터 울루프(Mäster Olof)」는 스웨덴이 프로테스탄트로 개종하던 시기의 울라우스 페트리 신부에 관한 이야기로, 심리적 사실주의로 극찬을 받았는데, 1881년의 초연은 획기적인 성공을 거두기도 했다. 이외에도 스트린드베리는 구스타브 바사, 에릭 14세, 칼 12세와 같은 스웨덴 왕들에 관한 여덟 편의 역사극을 펴냈다.

어머니의 사랑에 목말랐고 아버지와의 관계가 소원했던 스트린드베리는 1876년 아버지와의 격렬한 말다툼으로 부친과의 유대 관계를 끊은 이후 1877년에 배우를 꿈꾸던 유부녀, 시리 폰 에센(Siri von Essen)과 결혼하였고, 그의 첫 장편소설이며 자서전적인 소설인 『붉은 방(*Röda Rummet*)』을 써서 세계적인 주목을 받기 시작했다. 1879년은 스웨덴 문학사에서 사실주의 문학의 원년으로 삼는데, 바로 이 소설에서 기인한다.『붉은 방』의 성공은 그에게 자신감을 불어넣어 주었지만, 그의 작품들은 자주 스웨덴 정부에 의해 공격받았다. 작품에서 공무원들과 국회의 관료들이 얼마나 게으르고, 관료적이며 무능하고 부패했는가를 보여 주었기 때문이다. 심지어 언론인들 또한 정직하지 않아서, 오직 예술가, 미술가, 작가들만이 영원한 애정을 가졌고 성실하다고 생각하는 주인공을 묘사하였다.

특히 풍자소설,『새로운 왕국(*Det Nya Riket*)』이후 스트린드베리에 대해 세간의 반응은 무척 적대적이었고, 이로 인해 그와 가족들은 스웨덴을 떠나 유럽 망명길에 올랐다. 1884년에 출간된 그의 소설『결혼(*Giftas*)』에서 신을 모독하는 말이 있다고하여, 신성모독으로 고소되기도 했다. 무죄 선고를 받기는 했지만, 급기야 이 일로 정신적인 불안과 피해망상증을 겪게 된다. 그런 가운데에도 1887년과 1893년 사이에 펴낸 일련의 자연주의극,『미스 줄리』,『아버지』,『채권자(*Fodringsägare*)』등은 본능적이고 야만적인 행동들 그리고 극도로 사실적인 대화를 통해서 세계적인 성공을 거두었으며, 다윈과 니체의 생각들로 가득한 스트린드베리의 자연주의 희곡들은 자연주의극의 최고 경지에 이르렀다는 평가를 받았다. 스트린드베리는 코펜하겐에 앙투완(Antoine)의 테아트르 리브르를 본떠 만든 독립극장인 스칸디나비아 실험 극장을 1889년에 개관하였다. 동시대 사람들을 깜짝 놀라게 했던『미스 줄리』를 시리 폰 에센의 주연으로 개관 공연했지만, 이 한 번의 공연으로 극장 문을 닫기도 했다. 당시 보수적이었던 스웨덴 사회는 이 작품의 상연을 허용하지 않았고, 결국 초연은 파리에서 이루어졌다. 스웨덴은 16년 후인 1904년에 이르러서야 상연될 수 있었다. 이 작품에 스트린드베리는 '자연주의 비극'이라는 부제를 달기도 하였는데, 19세기 말의 스웨덴 사회를 배경으로 하는 이 작품의 서문에서 가장 적합한 배우의 연기술, 무대, 분장, 조명 등 자세한 설명을 통해 자연주의극의 공연 모델을 제시하기도 하였다. 여기서 그는 "이런 현대 심리극에선 몸짓과 소리보다는 얼굴이 영혼의 움직임을 가장 잘 담아낼 수 있으며 / (…) / 가장 중요한 것은 작은 무대 하나와 작은 거실 하나, 그래야 새로운 형태의 극이 살아날 수 있다"고 주장했다. 자연주의의 문을 열었던 에밀 졸라처럼 스트린드베리도 인간이 유전과 환경의 산물이며, 이성으로 통제할 수 없는 비이성적인 힘의 희생물임을 보여 주었다.

개관 공연이 실패한 후, 스웨덴으로 돌아온 그는 유명 작가로 존경받았지만, 정신적인 불안정은 아내와의 불화로 이어졌고, 급기야 1891년에 결혼 생활도 파경을 맞이하고 만다. 스트린드베리는 이혼 후 가난과 슬픔의 고통을 안고 1892년 베를린으로 이주했는데, 그곳에서 오스트리아 기자인 프리다 울(Frida Uhl)을 만나 재혼했다. 이후 딸까지 낳았지만, 두 번째 결혼도 실패하여 1895년 파리에서 이혼하게 된다. 보이지 않는 적들과 환각으로 고통을 받으면서, 정신적·육체적 스트레스로 더욱 불안정한 시기를 겪게 되는데, 이러한 그의 좌절 시기를 '인페르노(Inferno) 위기'라고 부른다. 이 기간 동안 그는 자연과학과 신지학 그리고 연금술에 많은 관심을 쏟았는데, 다행스럽게도 정신착란에 가까웠던 상태에서 드디어 벗어날 수 있었다.

　1892년에서 1897년 사이의 '인페르노 위기'를 겪은 후 마음의 안정을 되찾아 고국으로 돌아온 그는 신비주의 색채를 띤 새로운 희곡, 『다마스쿠스로(*Till Damascus*)』라는 삼부작 중 1부와 2부를 1898년에 완성했다. 1899년 스톡홀름으로 거처를 옮긴 스트린드베리는 이후 1902년에 실험적인 요소를 확대시킨 「꿈의 연극(Ett Drömspel)」을 발표했다. 스트린드베리 자신이 "가장 사랑하는 작품"이라고 표현했던 이 작품은 당시 무대에 올리기 불가한 작품이라는 평을 받기도 했다. 1901년에 23살의 노르웨이의 젊은 여배우 하리에트 보세(Harriet Bosse)와 세 번째 결혼을 한 스트린드베리는 아내를 염두에 두고 이 작품을 썼는데, 1907년에 빅토르 카스테그렌(Victor Castergren)의 초연에 그의 아내 보세가 주인공 '인드라의 딸' 역할을 맡았다. 이후 세계적으로 유명한 다수의 연출가가 이 작품을 제작했는데, 연출가라면 누구나 꿈꾸어 보는 작품이라고 할 정도로 어려우면서도 많은 가능성을 가진 작품이기도 하다.

　세 번째 결혼도 스트린드베리의 질투와 과보호로 순탄치 못하여 딸 안-마리(Ann-Mari)가 태어난 지 얼마 안 된 1904년에 이혼했다. 그렇지만 보세와의 결혼은 그의 희곡과 몇몇 서정시 등에 영감을 불어넣었다. 이후 1907년에 다시 일생의 꿈이었던 161석 규모의 창고를 개조한 실내 극장인 인티마극장(Intima Teatern)을 연출가 아우구스트 팔크(August Falk)와 함께 개관

했다. 이 극장에 올릴 5편의 거실극을 썼는데, 그중에서도 「유령 소나타(Spöksonaten)」는 가장 환상적이고, 그로테스크하며 초현실주의적인 요소가 강한 작품이다. 영화계의 거장으로 널리 알려진 잉마르 베리만(Ingmar Bergman)은 이 작품이 최초의 부조리극이며, 스웨덴어로 쓰인 가장 훌륭한 희곡이라고 칭하기도 했다. 이 극장에서 자신이 쓴 24편의 작품을 무대에 올렸는데, 이를 통해 새로운 극을 실험하고 무대상의 문제점 등 다양한 논의를 할 수가 있었다.

스트린드베리는 죽기 2년 전, 젊은 시절 때처럼 문학과 당대의 사회와 정치에 대해 격렬한 논쟁을 벌였는데, 이를 '스트린드베리의 논쟁'이라고 부른다. 이후 여전히 보수적이었던 스웨덴 한림원과 문학계는 그의 철학적 논의를 무시했지만, 국민들은 그를 가장 위대한 작가로 애도하고자 6만 명이 그의 장례식에 참석하기도 했다. 스트린드베리는 실험적인 극작가로 독창적이고 강한 상상력으로 꿈과 무의식의 논리와 음악의 개념을 도입하여 새로운 연극 언어를 창조해 내었다. 당대의 개척자이자 혁신가였던 스트린드베리는 숀 오케이시(Seán O'Casey), 유진 오닐(Eugene O'Neill), 루이지 피란델로(Luigi Pirandello), 패르 라게르크비스트(Pär Lagerkvist), 테네시 윌리엄스(Tennessee Williams), 에드워드 올비(Edward Albee) 등 현대 극작가들에게 지대한 영향을 미쳤다.

미스 줄리의 시공간

스트린드베리의 「미스 줄리」는 스웨덴의 전통적인 명절, 하지절 전야를 시간적 배경으로 삼는다. 이 명절은 스웨덴의 고유한 문화로, 바이킹 시대 이전부터 계속되어 왔다. 특히 하지절 전야는 미래의 남편을 꿈에서 만날 수 있다는 전설과 함께 에로틱한 의식이 행해지는 날이다. 이러한 신비로운 의미의 명절은 작품의 등장인물들 사이의 긴장감을 더욱 끌어올린다.

작품의 공간적 배경은 백작의 부엌이다. 이 부엌은 두 하인, 장과 크리스틴의 일상 장소이자 그들의 삶의 무대다. 그러나 백작의 딸인 줄리가 이 공간에 침입하면서 일상이 깨져 버린다. 부엌이라는 평범한 공간이 지배자와 피지배자, 남성과 여성 사이의 마찰과 성적 화합의 상징적 공간으로 변모한다.

하인 장과 미스 줄리 사이에는 서로의 위치와 지위, 성별에 따른 복잡한 관계와 갈등이 존재한다. 줄리는 백작의 딸로서의 상위 지위를 가지고 있으며 평범한 여성이 아니다. 수동적이거나 종속적인 여성상에 얽매이지 않는 줄리는 독립적이며 강인한 개성을 지녔다. 그에 반해 장은 남자로서의 성적 우위를 가짐과 동시에 하인으로서 종속적 위치에 있다.

이러한 지위와 성별의 차이에도 두 사람 사이에는 서로를 향한 관심과 감정, 그리고 자유와 자신을 찾아가는 갈망이 존재한다. 이는 스웨덴의 하지절 전야라는 특별한 시간적 배경과 백작의 부엌이라는 공간적 배경 속에서 더욱 돋보이게 된다.

스트린드베리의 작품에서 이러한 시공간적 배경의 선택은 우연이 아니다. 하지절 전야의 신비로운 밤은 장과 줄리 사이의 감정 고조와 극적인 변화를 자아내는 완벽한 배경이다. 그들 사이의 에로틱한 긴장감, 상반된 지위와 성별로 인한 갈등은 이 특별한 밤에 더욱 선명하게 드러난다.

백작의 부엌이라는 공간은 단순한 생활 장소를 넘어, 지배와 피지배, 욕망과 금지, 자유와 구속 등 다양한 주제의 교차로에서 중요한 역할을 한다. 부엌은 또한 두 인물 사이의 변화를 물리적으로 보여 주는 장소이기도 하다. 줄리가 부엌으로 처음 들어올 때 그녀는 존재 자체로 그 공간의 균형을 깨뜨린다. 그러나 이후 그녀는 이 공간에서 장과 함께 복잡한 감정의 춤을 춘다.

장과 줄리 사이의 관계는 서로 반발하면서도 끌리는 복잡한 관계를 보여 준다. 둘은 서로의 위치와 배경, 그리고 성별에 따른 사회적인 기대치와 굴레 속에서 벗어나 서로를 이해하고자 한다. 이러한 노력과 충돌은 둘 사이의 감정을 더욱 깊게 하며, 그들의 내면에 숨겨진 욕망과 공포, 그리고 희망을 드러내게 한다.

결국, 「미스 줄리」의 시공간적 배경은 단순한 배경 이상의 역할을 한다. 스웨덴의 하지절 전야와 백작의 부엌은 이 작품의 중심 테마와 갈등, 그리고 감정의 발전을 완벽하고 조화롭게 해 주는 중요한 요소이다. 이러한 배경의 선택은 두 주인공의 관계와 그들의 감정의 복잡성을 더욱 깊게, 그리고 더욱 생생하게 그려 낸다.

계급 투쟁

스트린드베리의 「아버지」가 그의 작품에서 남녀 간의 권력 투쟁을 가장 명확하게 묘사한 작품이라면, 「미스 줄리」는 그 안에서 벌어지는 계급 투쟁을 가장 명확하게 묘사한 작품이라고 할 수 있다. 물론 「미스 줄리」는 계급 투쟁에서 남자 대 여자도 다루고 있다. 여기서 귀족이 여성으로 표현된다는 사실은 권력 투쟁을 더욱 흥미롭게 만든다. 신분 상승을 꿈꾸는 장은 자신보다 신분이 높은 여자를 만난다. 「아버지」의 2막에서 이어지는 부부싸움은 결혼에 대한 스트린드베리의 관점을 대변하기도 한다. 「미스 줄리」에서 남녀의 역할은 뒤바뀌지만, 남녀의 공동생활에서 계속되는 불화를 설명하는 역할을 한다. 결론은 결혼 또는 관계에는 한 사람이 다른 사람 위에 있어야 한다는 것이다. 줄리는 여성이기 때문에 당시의 기준으로는 남성에게 종속적이어야 한다. 그러나 극 중 여성 줄리는 심각한 결과의 초래 없이는 자신을 낮출 수 없다. 따라서 미스 줄리의 계급 투쟁과 결혼 관계에서 남자와 여자의 새로운 관계는 두 가지 갈등으로 가득 차 있으며, 이는 지속을 불가능하게 만든다.

「미스 줄리」에서는 남녀 사이의 투쟁이 한 축을 차지하지만, 여기서 주요 권력 투쟁은 등장인물들의 서로 다른 계급으로 구성된다. 「미스 줄리」는 작품이 탄생한 시대의 혼돈과는 대조되는 견고함으로 구성되어 있다. 이 드라마는 스트린드베리 시대에는 불가능하고 등장인물 간에도 불가능한 애정 관계를 드러낸다. 미스 줄리와 하인 장은 둘 사이의 관계를 발전시킬지를 결정해야 할 정도로 서로에게 점차 빠져드는 사랑 게임을 시작한다. 드라마 내내 그들은 각자의 계급에 따라 금지된 에로티시즘을 강화하는 역할을 한다. 그러나 그것은 그들을 따라잡고 사랑이나 엄격한 사회 질서 중 어느 것이 더 중요한지 선택하도록 강요한다.

그렇다면 이러한 권력 투쟁은 어떻게 발생할까? 미스 줄리와 하인 장이 로맨스를 시작하게 된 근본적인 요인은 무엇일까? 이러한 권력 투쟁을 강조할 가치가 있는 이유는 무엇인가? 스트린드베리가 이 작품을 써서 극장으로 보냈을 때, 당시 계급 간 로맨스라는 주제는 금기시되었고 스트린드베리의 희곡은 전면적으로 거부당했다. 그러나 대중은 서면으로 주문할 수 있었고, 많은 사람이 인쇄되지 않은 봉투에 넣어 은밀하게 보내주기를 원했다. 사안이 민감했고 권력 투쟁이 이례적으로 거의 무단으로 이루어졌기 때문이다.

드라마를 성공적으로 이해하려면 미스 줄리가 장에게 끌리는 이유를 살펴보는 것이 매우 중요하다. 미스 줄리는 같은 계급의 남자와 약혼을 파기한 상태이고 정서적으로 취약하다. 따라서 드라마가 시작되기 직전에 벌어지는 춤에서 줄리는 한 남자와 춤을 추다가 상대를 바꿔 가면서 같은 처지의 여성으로서는 부적절하게 행동한다. 따라서 첫 장면에서 장과 사랑에 빠지고 놀리는 게임을 시작할 때 그녀는 여성이자 인간으로서 인정받고자 한다고 해석할 수 있다. 여기에는 이미 부적절하거나 심지어

금지된 충돌이나 갈등이 있지만, 그들의 로맨스가 같은 수준에 도달할 때까지는 권력 투쟁이 일어나지 않는다.

두 주인공은 사람들이 부엌에서 하지절 파티를 하며 춤을 추는 동안 서둘러 장의 방으로 사라진다. 그의 방에서 두 사람이 친밀한 관계를 맺었음을 암시하고, 동시에 두 번째 막이 시작될 때 그 결과를 깨닫게 된다. 서로를 유혹한 후 그들의 삶은 돌이킬 수 없을 정도로 바뀌었고, 그들이 움직이고 생각하는 세계는 뒤집어져 버린 것이다.

극 중에는 줄리가 장의 계급으로 낮아지고 장이 자신이 속했던 계급의 한계를 넘어서는 시점이 있다. 여기서 계급에 따라 타고난 행동과 학습된 행동은 이제 같은 수준에 있는 두 사람의 상황을 혼란스럽게 만든다. 그녀는 연약한 정서적 삶을 사는 귀족으로, 자신을 이해하지 못하는 하층 계급으로 떨어져 거친 손으로 자신의 이상을 더럽히고 패배를 기뻐하며 상처를 입힌다. 줄리는 장이 기차에 같이 타지 않기로 한 직후 자신의 실수에서 벗어나려는 방법으로 자살을 선택한다.

이처럼 스트린드베리는 낡은 것을 새로운 피로 대체하고 계급적 격변이 불가피한 새로운 시대의 사회적 이상을 그려 냈다. 니체의 초인 철학에서 깨달음을 얻은 스트린드베리는 낡은 귀족이 발전하는 하층 계급보다 더 이상 높은 기치를 들 수 없는 사회에서 권력 투쟁이 심화되는 과정을 보여 준다. 따라서 줄리와 장은 사회 혁명을 상징하는 동시에 귀족들의 무력함과 느슨함을 통해 교화가 서서히 진행되는 사회 변화를 상징하기도 한다. 사회에서 개인으로 향하는 투쟁의 중심 주제는 개인과 사회, 상류층과 하류층 간의 계급 투쟁에서 개인 간의 투쟁, 즉 '두뇌 싸움'으로 변모하는 것이다. 스트린드베리는 여기서 하류층이 상류층을 희생시키면서 이용할 수 있음을 보여 주고, 드라마의 결말에서 줄리가 자살할 때 귀족은 존재하지도 않는 하류층으로부터 은접시에 담긴 음식을 대접받는 장면을 연출한다. 줄리와 장은 모두 미천한 계급의 인간과 성관계를 통해 자신을 오염시킨 귀족의 수치심을 알고 있으며, 이미 줄리는 권력 투쟁에서 불리한 입장에 처해 있다.

장이 새로운 사회적 물결을 가로막는 많은 사람 중 한 명을 제쳐두고 마지막 단계에서 미스 줄리를 따르지 않기로 결정했을 때, 그는 사회적 세뇌와 개인적인 상호 작용 대신 사회의 편을 든 것이다. 이런 식으로 스트린드베리는 계급 간의 혁명, 즉 권력 투쟁을 보여 주며, 하나는 죽어 가고 다른 하나는 강력하게 발전하는 모습을 보여 준다.

스트린드베리가 가장 사랑한 작품, 「꿈의 연극」

스트린드베리가 1901년에 「꿈의 연극」을 완성해 1902년에 출간한 지 약 120년 남짓의 세월이 흘렀다. 스트린드베리 자신이 '가장 사랑하는 작품'이라고 표현했던 이 작품은 1907년 빅토르 카스테그렌(Victor Castergren)의 초연 이래, 독일의 막스 라인하르트(Max Reinhardt), 프랑스의 앙토냉 아르토(Antonin Artaud), 그리고 국내에는 영화감독으로 더 잘 알려진 스웨덴의 잉마르 베리만, 캐나다의 로베르 르파주(Robert Lepage), 미국의 로버트 윌슨(Robert Wilson) 등 세계적으로 유명한 연출가들이 무대에 올렸다.「꿈의 연극」은 연출가라면 누구나 꿈꾸어 보는 작품이라고 할 정도로 어려우면서도 많은 가능성을 가진 작품이기도 하다.

이 작품은 인드라의 딸이 하늘로부터 어둡고 억압된 지구에 내려와 인간의 쓰라린 삶을 경험한다는 내용을 담고 있다. 스트린드베리는 이 작품에서 사실주의의 장벽을 허물어뜨리고, 마치 꿈속에서 펼쳐지는 환상의 세계를 전통적인 희곡의 형식과는 대조적으로 표현했다. 이 작품이 쓰였을 당시 무대 위에서 극의 적절한 분위기와 양식을 끌어낼 수 없는 불가능한 작품이라고 일컬어질 정도로 극의 기법이 난해하다. 현재까지도 극작가와 연출가들에게 가장 커다란 자극을 주는 작품 중 하나이다.

후기 인페르노(Post-Inferno)의 백미로 꼽히는 이「꿈의 연극」은 꿈과 같은 사실 기법을 가장 처음 도입한 작품이다. 전통적으로 꿈이나 악몽을 표현한 장면들을 가지고 있는 일반 극들과는 달리, 스트린드베리는 과거 패러다임의 공간과 시간 개념을 초월한다. 그는 꿈꾸는 사람의 무의식 세계에서 일어나는 일처럼 꿈속의 인물들이 분화하고, 모든 생각과 지각들이 꿈꾸는 사람을 통해 이루어지는 새로운 기법의 극작을 창조하였다.

그럼으로써 '꿈의 연극'에서는 전통적으로 시간과 공간, 논리적 순서 등이 주는 희곡의 제한들이 파기되고, 등장인물들이 용해되거나 다른 등장인물들로 변신한다. 이를 통해 이야기 속에서 시간과 장소들이 서로 뒤엉키어 전개됨으로써 꿈이 줄 수 있는 강한 표현주의 색채의 작품을 창조해 내었다. 스트린드베리가 서문에서 지적했듯이, 이 극에서는 무엇이든지 일어날 수 있고, 모든 것이 가능하며, 추억과 경험과 자유, 환상 그리고 부조리와 즉흥의 혼합물을 설계하며 수놓고 있다.

이전의 희곡과는 전혀 다른 새로운 기법으로「꿈의 연극」은 모든 표현주의 희곡 중에서 최고 걸작 중 하나이며 동시에 최초로 표현주의 연극적 제작 기법에 크게 영향을 미치기도 했다. 그렇지만 이에 그치지 않고「꿈의 연극」이 가지고 있는 형식과 스타일은 최근에 더더욱 관심을 끌고 있는데, 그 이유는「꿈의 연극」이 가지고 있는 독특한 형식과 극적 기법 때문에, 아방가르드의 전통 연극을 포함한 포스트모던을 표방하고 있는 무대에 풍부한 아이디어와 공간을 제시하고 있기 때문이다.

꿈꾸는 사람의 의식

지적했다시피「꿈의 연극」은 스트린드베리의 '후기-인페르노'라고 하는 시기의 대표적인 작품으로 이 시기의 특징을 담아내고 있으며, 유럽 연극의 극작과 공연에 혁명을 일으킨 작품으로 평가되고 있다. 인생을 생존 경쟁에 있어서의 격렬한 전투로 보았던 그는 부인과의 사이도 벌어지고, 마침내 그 자신도 반광인이 되어 지냈던 1894년부터 1897년 사이의 시대를 가리켜 '지옥의 시기'라고 불렀다. 이 시기 동안 스트린드베리는 광기에 찬 불모의 시절을 보내게 된다. 그러나 성서와 스베덴보리(E. Swedenborg)의 영향으로 다시 신앙심을 회복하고 전기(前期)보다 두드러진 창작 활동을 재개하게 되는데, 이 시기를 가리켜 '후기-인페르노'라고 부른다. 이 시기에 스트린드베리는 첫 번째 표현주의 작품인 「다마스쿠스로」(1898~1904)부터 잉마르 베리만이 최초의 부조리극이라고 일컬었던 「유령소나타」와 같은 다수의 거실 연극(chamber play)들을 창작하였다.

「꿈의 연극」은 다른 표현주의극처럼 무의식과 꿈이 주된 극적 변용의 소재로 등장하며 무엇보다도 꿈꾸는 사람의 관점을 취함으로써 '잘 만들어진 극(well-made play)'에서 볼 수 있는 시간과 공간의 논리적인 순서들에 의한 제한을 파기했다. 논리적인 구성 전개 등은 결여되어 있고, 등장인물이 용해되거나 다른 인물로 대체되어 나타난다. 즉, 진정한 극 내부의 통일성은 꿈꾸는 사람 자신만의 관점이라고 스트린드베리는 「꿈의 연극」 첫 페이지에서 밝히고 있다.

스트린드베리와 프로이트(Sigmund Freud)가 서로 직접적인 영향을 주고받았다는 사실은 없으나, 꿈에 대한 의식과 무의식의 세계에 대한 이론으로 심리학과 철학을 비롯한 모든 분야에 지대한 영향을 미쳤던 프로이드의 『꿈의 해석(The *interpretation of Dreams)*』(1900년)이 스트린드베리의 「꿈의 연극」과 거의 같은 시기에 저작된 것은 아주 흥미로운 일이다.

「꿈의 연극」의 첫 페이지에 스트린드베리는 '기억─작가의 말'을 통해 드라마의 내용을 읽으라는 초대를 받는다. '기억─작가의 말'은 꿈이 무엇인지에 대한 과학적 설명인 동시에 우리 앞에 놓인 「꿈의 연극」을 어떻게 해석해야 하는지에 대한 설명과도 닮아 있다. 스트린드베리는 희곡 「다마스쿠스로」를 이전에 썼던 꿈의 연극이라고 언급하며 '기억─작가의 말'을 소개한다. 따라서 '기억─작가의 말'이 이전 드라마에 대한 설명일 가능성도 있지만, 돌이켜보면 그렇지 않을 수도 있다. 또한 스트린드베리는 이 드라마가 "일관성이 없지만 논리적으로 보이는 꿈의 형태"를 모방하려고 했다고 구체적으로 설명한다. "모든 것이 일어날 수 있으며, 모든 것이 가능하고 진짜인 것 같다"고 말한다.

스트린드베리의 「꿈의 연극」 서문과 관련해서 프로이트의 꿈의 구조에 대한 유사한 설명과 꿈의 심리적 특성을 『꿈의 해석』에서도 찾을 수 있다. 프로이트는 "꿈은 일관성이 없고, 가장 큰 모순을 쉽게 조정하며, 불가능한 것을 허용하고, 당대의 영향력 있는 지식을 제쳐두고, 우리가 윤리적, 도덕적으로 제한되어 있음을 보여 준다"라고 설명한다. 꿈의 형태에 대한 두 가지 설명 모두 꿈이 일관성이 없다는 동일한 설명을 포함하고 있지만 그럼에도 꿈꾸는 사람의 관점에서 볼 때 논리적인 생각이다. 이와 같이 『꿈의 해석』에서 유사한 내용을 발견할 수 있는데 「꿈의 연극」의 '기억—작가의 말'을 살펴보면 "시간과 공간은 존재하지 않는다. 전혀 의미 없는 현실 세계에서 상상들이 흘러나오고 새로운 것들을 만들어 낸다."라고 설명한다. 이것은 여러 가지로 해석할 수 있는 추상적인 설명이다. 그러나 "전혀 의미 없는 현실 세계에서"라는 설명은 "상상들이 흘러나오고 새로운 것들을 만들어 낸다"는 연속된 문장을 고려할 때 현실의 기초가 개인의 이성적이고 깨어 있는 사고일 수 있음을 알수 있다. 따라서 이 서문은 꿈속의 생각이 합리적 틀 없이 독자적인 삶을 사는 것에 대한 가능한 설명이 된다. "새로운 것들을 만들어 낸다"도 추상적인 설명이지만, 문맥상 이 문장은 몽상가 자신이 꿈에서 새로운 시각적 이미지를 만들어 내는 것으로 해석할 수 있다.

사랑과 고통

스트린드베리는 1901년 11월 18일, 「꿈의 연극」을 집필하던 중 일기장에 이렇게 적었다. "사랑은 죄이므로 사랑의 고통은 세상에서 가장 큰 지옥이다." 이는 아내였던 하리에트 보세가 이혼을 원한다는 위협 때문이었다.

결혼과 사랑은 「꿈의 연극」의 중심 주제이다. 지상의 삶을 여행하는 동안 딸은 세 남자를 만난다. 장교, 변호사, 시인이다. 세 사람의 관계는 사랑의 유형이 서로 다르다는 점에서 차이가 난다. 딸이 장교를 처음 만난 것은 '자라나는 성'에서 그를 구출해야 할 때이다. 그 후 장교는 오페라 하우스 밖에서 빅토리아를 영원히 기다린다. 변호사와 딸은 가난하고 비극적인 결혼 생활을 시작한다. 딸은 난방을 절약하기 위해 창문을 열 수 없고, 두 사람의 관계에서 질식감을 느낀다. 딸은 시인과 함께 삶과 사랑의 고뇌를 정리한 후 다시 하늘로 올라간다. 「꿈의 연극」에서 사랑은 끊임없이 존재하며 많은 등장인물에게 사랑에 대한 갈망이 있다.

「꿈의 연극」은 인드라의 딸이 지상에 내려오는 것으로 시작된다. 그녀의 임무는 "사람들이 어떻게 지내는지 보는 것"이다. '자라나는 성'에 들어가는 것으로 시작되는 지상 생활의 여정에서 인드라의 딸은 인간의 삶이 다양한 방식으로 불행에 의해 위협받고 있으며, 다양한 시련의 결과는 종종 고통과 재앙이라는 사실과 맞닥뜨리게 된다.

이 이야기에서 인드라의 딸은 몇몇 사람들을 따라다니며 삶의 모든 고난을 빠르게 드러낸다. "불쌍한 사람들"이라는 그녀의 대사는 드라마에서 일종의 레트모티프(후렴구)로 볼 수 있으며, 그녀의 여정을 따라 이야기 내내 반복된다. 마지막에 그녀가 죽음을 통해 세상을 떠나기로 결심할 때, 그녀는 모든 존재의 고통이 인간이라는 것이라고 느낀다.

고통만큼이나 반복되는 주제는 '사랑은 모든 것을 넘어선다'이다. 사랑이라는 주제는 사랑이 가장 위대하고 고통스럽기 때문에 고통의 또 다른 변형이라는 것을 보여 준다. 딸은 '자라나는 성'에서 유리장이와 장교를 처음 만난다. 성의 지붕에서 꽃이 자라나고, 그 후 성은 오페라 하우스 밖의 오래된 방화벽으로 바뀌고, 문지기가 생명의 신비로 통하는 문을 지키고 있다. 장교는 장미 꽃다발을 들고 오페라 하우스 밖에서 빅토리아를 기다리다가 늙어 버리고 장미 꽃다발도 시들어 버리고 만다.

그런 다음 딸은 변호사를 만나 결혼하기로 한다. 가난하고 고단한 삶과 결혼의 단점을 확인한 후 그들은 이혼한다. 그 후 딸은 경찰을 다시 만나게 되고, 지옥과 천국처럼 대조되는 스캄순드와 파게르빅 사이의 국경 지대에 도착한다. 스캄순드에서 딸은 시인을 만나 핑갈의 동굴을 방문한다. 그들은 사회 계급의 불의를 목격하고 바다와 바람 속에서 인간의 한탄을 듣는다. 마치 릴레이 경주처럼 줄거리와 캐릭터에서 한 인물의 자리가 다른 인물로 대체되어 감동적이고 유동적인 드라마를 만들어 낸다.

마지막에는 극초반에 있었던 장면이 다시 등장하기도 한다. 인생이란 미스터리의 문이 열리는 순간, 장교는 다시 한번 장미 꽃다발을 들고 오페라 하우스 밖에서 빅토리아를 기다린다. 다양한 학자들이 문 뒤에 무엇이 숨어 있을지, 어떤 지식이 정당한지에 대해 논의하고 있지만 문이 열리면 그 뒤에는 아무것도 없다.

마지막에 다른 등장인물들은 불타는 성에서 가장 중요한 것들을 불에 태워 버린다. 딸은 인간의 고통에 대한 시인의 애도를 가져간다. 지붕의 꽃은 불에 타서 파괴된다. 드라마가 진행되는 동안 주제와 캐릭터가 상당히 변화하여 풍부한 기호와 상징으로 내용이 풍부해지고 따라서 광범위한 줄거리가 생겨난다.

드라마에서의 불은 파괴와 재생, 변화와 순환의 상징으로 사용될 수 있다. 불타는 성이나 지붕의 꽃 같은 요소들이 파괴되는 것은 물질적 세계의 일시성과 허상을 나타내는 것일 수 있으며, 이러한 요소들을 통해 스트린드베리는 인간의 고통과 허망함, 그리고 궁극적인 의미를 찾아가는 인간의 여정을 표현하고 있다. 또한 딸의 존재와 그녀가 가져간 '인간의 고통에 대한 시인의 애도'는 인간의 삶과 고통, 그에 대한 깊은 이해와 공감을 상징하는 요소로 볼 수 있다.

「꿈의 연극」은 그 자체로 복잡하고 다양한 기호와 상징, 그리고 깊은 철학적 사상을 담고 있다. 이 드라마를 보다 잘 이해하고 해석하기 위해서는 스트린드베리의 생각과 철학, 그리고 그의 다른 작품들과의 연관성을 함께 고려해야 한다. 스트린드베리의 「꿈의 연극」은 그의 사상과 철학을 깊게 이해하고 공감할 수 있는 독자나 관객에게 큰 영감과 깊은 여운을 주는 작품이라 할 수 있다.

판본 소개

「미스 줄리」의 출간 텍스트는 출판사 편집자인 요셉 셸리그만(Joseph Seligmann)의 수정을 거친 원본 원고를 기반으로 한다. 이 책에 사용된 1888년 초판본 텍스트에 대한 자세한 설명과 원칙은 『스트린드베리의 전집』에서 확인할 수 있다.

1888년 8월 10일, 스트린드베리는 덴마크 홀테에서 스톡홀름에 있는 당시 최대 출판사 사장인 칼 오토 본니에르(Karl Otto Bonnier)에게 희곡 「미스 줄리」를 보냈다. 스트린드베리의 서문도 포함되었는지 여부는 확실하지 않다. 그렇지만 8월 10일 이후에야 쓰였을 가능성이 높다. 스트린드베리는 보통 작품을 완성하면 곧바로 출판사에 보내기를 매우 열망했다. 당시 작가였던 그는 돈을 구하기 어려웠고 출판사가 출판할지를 빨리 알고 싶었기 때문이다. 그래서 「미스 줄리」의 서문은 등장인물을 자세히 분석하고 연극 상연이 끝난 후에 작성해야 했다. 서문은 스트린드베리가 연극의 장점을 강조하고 싶었던

8월 10~15일과 다음 드라마 「채권자(Fordringsägare)」를 시작하기 전 즈음에 썼을 가능성이 높다.

스트린드베리가 언제부터 「미스 줄리」를 집필하기 시작했는지는 정확히 알 수 없다. 이 연극은 8월 10일 이전의 스트린드베리의 편지에는 언급되어 있지 않다. 그러나 스트린드베리 자신이 1888년 11월 19일 사촌 요한 오스카 스트린드베리(Johan Oscar Strindberg)에게 보낸 편지에서 간접적인 날짜를 언급하며 두 편의 비극 「미스 줄리」와 「채권자」를 각각 14일 만에 썼다고 밝혔다. 따라서 「미스 줄리」는 1888년 7월 후반에 시작되었을 것으로 추정된다.

「꿈의 연극」 원서는 스트린드베리의 자필 원고를 기반으로 한다. 1902년 『관을 쓴 신부(Kronbruden)』와 『백조 공주(Svanevit)』 같은 희곡집으로 출간된 초판본에 기록이 남아 있다. 1902년 봄에 완성된 것으로 추정되는 스트린드베리 자신의 프랑스어 번역본 『환상(Rêverie)』은 스웨덴어 원문에서 불분명한 점들을 밝히는 데도 도움이 된다. 이 번역에는 별도로 출간된 「꿈의 연극」에 대한 비평적 해설도 담고 있다.

1907년 4월 17일 세계 최초의 초연은 스톡홀름 스웨덴 극장에서 공연되었고 1906년 9월에 쓰인 것으로 추정되는 「꿈의 연극」 서막이 함께 처음으로 상연되었다. 서막은 스트린드베리의 원본 원고를 통해 상연되었지만, 나중에 타자로 친 사본으로 그의 수정 사항을 함께 반영한 원고로 출간되었다. 적용된 희곡의 주요 원칙에 대한 설명은 『스트린드베리 전집』 1부에 나와 있다.

「꿈의 연극」 계획에 대한 최초의 날짜가 기록된 증거는 1901년 8월 22일의 『신비한 일기(Occulta Dagboken)』에 '복도 드라마(Korridordramat)'와 '정착지 개발(Bosättningen)'이라는 메모이다. 스톡홀름에 있는 왕립도서관(Kungliga Biblioteket)의 스트린드베리 아카이브인 초록 자루(Gröna Säcken)에 보관되어 있는 이 두 초안은 「꿈의 연극」의 저작에 있어 매우 중요한 출발점이다. 이 두 작품은 모두 스트린드베리가 연극 배웠던 하리에트 보세와 사랑에 빠져서 결혼한 것과 관련이 있다. 두 사람은 3월 5일에 약혼했고 1901년 5월 6일에 결혼했다.

'복도 드라마'의 표지에 함께 부제로 붙어 있는 제목이 '그 꿈의 연극'인데 '봄', '가을', '겨울', '다시 봄'이라는 제목 아래 네 장면이 설명되어 있다. 이 원본에는 음악이 연주되는 극장의 무대 문밖에서 연인이 장미 꽃다발을 들고 기다리고 있다. 다시 말해서 드라마 구상 뒤에는 스트린드베리의 현실 모습이 담겨 있다.

1907년 편지에서 스트린드베리는 "내가 가장 사랑하는 드라마는 「꿈의 연극」"이라고 언급했다. 상상력과 유머, 슬픔이 담긴 이 희곡은 스웨덴과 해외의 연극 관객과 독자들로부터 많은 사랑을 받아 왔다. 1901년에 쓰여 1907년 스톡홀름의 스웨덴 극장 초연에서 스트린드베리의 세 번째 부인이었던 하리에트 보세가 인드라의 딸 역을 맡았다. 몽환적인 장면의 흐름에는 세기말 스톡홀름과 군도의 해변 휴양지 푸루순드에서 모티브를 얻은 장면도 포함되어 있다.

아우구스트 스트린드베리 연보

1849. 1. 22　스웨덴의 수도 스톡홀름에서 출생. 해운업자와 가정부 사이에서 태어나 불우하게 성장.

1860~70년대　1867년 고등학교 졸업 후, 교사, 의학 공부, 배우 등 여러 가지를 시도했지만 모두 실패. 웁살라대학에서 화학을 공부하면서도 교수와 적대감을 일으키는 등 문제를 야기하며 방랑자의 삶을 걷게 됨.

1874　왕립도서관의 사서 보조로 일하며 문화사와 중국학 등의 연구에 몰두.

1877　남작 부인으로 배우 지망생이었던, 시리 폰 에센(Siri von Essen)과 순탄치 않은 사랑 끝에 첫 번째 결혼.

1878　스트린드베리와 에센 사이에 첫 아이가 출생한 지 이틀 만에 사망.

1879　자전적 사실주의 소설 『빨간 방』 출간. 『빨간 방』의 성공 후 주로 스웨덴 정부 관리들을 비판하는 글을 씀. 최초의 현대 소설로 평가됨.

1880　스트린드베리의 첫째 딸인 카린이 2월 26일에 태어남.

1881　스트린드베리의 둘째 딸인 그레타가 6월 9일에 태어남.

1882	자극적 풍자소설 『새로운 왕국』 출간. 독자의 반응이 너무 적대적이라 스웨덴을 떠나야만 했고, 가족과 함께 파리로 이사함. 이후 유럽 전역을 돌아다니며 머무름.
1884	스위스에서 4월 3일에 아들 한스가 태어남. 10월 20일에 스트린드베리 가족이 스톡홀름으로 돌아옴.
1884~1886	단편집 『결혼』 발표 후 신성모독을 이유로 고발당함. 무죄로 풀려났지만, 이 일로 정신적 불안과 편집증적 증상을 보였고, 피폐했던 결혼 생활을 끝내는 원인이 됨. 이로 인해 더더욱 감정이 피폐해져서 당시 성장하고 있던 여성해방운동에 대해 경멸적인 태도를 가짐.
1887	자연주의 희곡 「아버지」 발표. 『햄쇠의 사람들』 출간.
1888	대표 작품 「미스 줄리」 발표.
1889	『파리아』, 『채권자』 출간.
1890년대	1891년에 시리 폰 에센과 이혼 후 베를린으로 이주. 오스트리아 기자인 프리다 울과의 짧은 결혼 생활을 마친 후, 파리로 다시 옮김. 파리에서 소위 '인페르노 위기'라고 불리는, 보이지 않는 적들과 환각으로 고통받음. 이 시기 동안 그는 자연과학과 연금술에 흥미를 갖게 됨.
1893	적나라한 연애와 결혼의 자전적 기록을 담은 『바보의 고백』 발표. 두 번째 부인인 프리다 울과 결혼.
1897	『인페르노』 출간. 프리다 울과 이혼.
1898	최초의 표현주의 희곡 「다마스쿠스로」 발표.
1901	「죽음의 춤」 발표. 여배우 하리에트 보세와 세 번째 결혼. 3년의 결혼 생활 후 이혼.
1902	「꿈의 연극」 발표.
1907	아우구스트 팔크와 함께 스톡홀름에 극장 '인티마 테아테르'를 만들고, 자기 작품을 무대에 올림. 다시 사회비판적인 글을 쓰기 시작함.

1908	「유령 소나타」 발표.
1909	마지막 운문 희곡 「대가도」 발표.
1910	'스트린드베리 논쟁'이라 불리는 스웨덴 역사상 가장 큰 문화 토론을 시작. 처음엔 순수하게 문학적 토론에서 시작해 곧 참정권, 국방 그리고 스웨덴 한림원의 역할에 대한 주제로 옮겨 감. 이 논쟁은 20년 이상 지속됐으며, 작가의 사후에도 끝나지 않았음.
1912. 5. 14.	위암으로 타계.

새롭게 을유세계문학전집을 펴내며

을유문화사는 이미 지난 1959년부터 국내 최초로 세계문학전집을 출간한 바 있습니다. 이번에 을유세계문학전집을 완전히 새롭게 마련하게 된 것은 우리가 직면한 문화적 상황에 적극적으로 대응하기 위해서입니다. 새로운 을유세계문학전집은 세계문학의 역할이 그 어느 때보다 중요해졌다는 인식에서 출발했습니다. 오늘날 세계에서 타자에 대한 이해는 우리의 안전과 행복에 직결되고 있습니다. 세계문학은 지구상의 다양한 문화들이 평등하게 소통하고, 이질적인 구성원들이 평화롭게 공존할 수 있는 문화적인 힘을 길러 줍니다.

을유세계문학전집은 세계문학을 통해 우리가 이런 힘을 길러 나가야 한다는 믿음으로 만들어졌습니다. 지난 5년간 이를 준비하기 위해 많은 노력을 기울였습니다. 세계 각국의 다양한 삶의 방식과 문화적 성취가 살아 있는 작품들, 새로운 번역이 필요한 고전들과 새롭게 소개해야 할 우리 시대의 작품들을 선정했습니다. 우리나라 최고의 역자들이 이들 작품 속 한 문장 한 문장의 숨결을 생생히 전하기 위해 심혈을 기울였습니다. 또한 역자들은 단순히 번역만 한 것이 아니라 다른 작품의 번역을 꼼꼼히 검토해 주었습니다. 을유세계문학전집은 번역된 작품 하나하나가 정본(定本)으로 인정받고 대우받을 수 있도록 최선을 다했습니다. 세계문학이 여러 경계를 넘어 우리 사회 안에서 주어진 소임을 하게 되기를 바라며 을유세계문학전집을 내놓습니다.

을유세계문학전집 편집위원단(가나다 순)
김월회(서울대 중문과 교수)
김헌(서울대 인문학연구원 교수)
박종소(서울대 노문과 교수)
손영주(서울대 영문과 교수)
신정환(한국외대 스페인어통번역학과 교수)
정지용(성균관대 프랑스어문학과 교수)
최윤영(서울대 독문과 교수)

을유세계문학전집

을유세계문학전집은 계속 출간됩니다.

을유세계문학전집 연표